Chère voisine

Catalogage avant publication de Bibliothèque et Archives nationales du Québec et
Bibliothèque et Archives Canada

Brouillet, Chrystine
Chère voisine [texte (gros caractères)]
(Collection Focus)
Éd. originale: Montréal : Quinze, c1982.
Publ. à l'origine dans la coll.: Quinze/prose entière.
ISBN 978-2-89455-474-6
I. Titre. II. Collection: Collection Focus.
PS8553.R684C43 2011   C843'.54   C2011-941530-5
PS9553.R684C43 2011

Nous reconnaissons l'aide financière du gouvernement du Canada par l'entremise
du Fonds du livre du Canada (FLC) ainsi que celle de la SODEC pour nos activités
d'édition. Nous remercions le Conseil des Arts du Canada de l'aide accordée à notre
programme de publication.

Gouvernement du Québec – Programme de crédit d'impôt pour l'édition de livres —
Gestion SODEC

© 1993 Éditions TYPO et Chrystine Brouillet, pour l'édition originale.
© Guy Saint-Jean Éditeur pour cette édition en grands caractères pour l'Amérique du
Nord, 2011.

Conception graphique: Christiane Séguin
Dépôt légal — Bibliothèque et Archives nationales du Québec, Bibliothèque et Archives
Canada, 2011
ISBN: 978-2-89455-474-6

Distribution et diffusion
Amérique: Prologue
France: De Borée/Distribution du Nouveau Monde (pour la littérature)
Belgique: La Caravelle S.A.
Suisse: Transat S.A.

Guy Saint-Jean Éditeur inc.
3440, boul. Industriel, Laval (Québec) Canada. H7L 4R9. 450 663-1777.
Courriel: info@saint-jeanediteur.com • Web: www.saint-jeanediteur.com

Guy Saint-Jean Éditeur France
30-32, rue de Lappe, 75011, Paris, France. (9) 50 76 40 28 • Courriel: gsj.editeur@free.fr

Imprimé et relié au Canada

COLLECTION FOCUS
ROMANS EN GRANDS CARACTÈRES

Chrystine Brouillet

Chère voisine

Guy Saint-Jean
ÉDITEUR

à Yves Houde

Louise était déjà réveillée quand le réveil sonna. Puisque c'était lundi. Le lundi, le mercredi, le jeudi, le vendredi et le dimanche, ses chats la réveillaient vers six heures et demie. Juste avant la sonnerie. Les chats devaient probablement la réveiller les autres jours, mais elle se rendormait aussitôt sachant qu'elle n'allait pas travailler. C'était agréable comme première sensation dans une journée que la caresse d'une patte de velours sur sa joue; Mozart s'étirait, s'étirait sur le bord du lit, lui touchait le visage ou le bras. Louise laissait souvent pendre un bras hors des couvertures. Le chat s'exécutait sous l'œil attentif de Tia Maria ou Rose ou Minette; elle n'avait pas encore choisi définitivement le nom de la chatte. Ils miaulaient en chœur. Leur maîtresse se levait, trébuchait souvent sur le tapis ou sur le téléphone, se dirigeait au radar dans la cuisine où, même si l'odeur l'écœurait, elle ouvrait une boîte de nourriture pour chats. Au moins, à Noël, elle avait reçu en cadeau un ouvre-boîte électrique, c'était moins déprimant que de se battre avec un ouvre-boîte manuel qui n'ouvrait même pas tout compte fait. Elle écartait les chats du bout de ses pieds nus; le même drame avait lieu chaque matin, ils se précipitaient comme si ça faisait vingt-cinq mille jours qu'ils n'avaient pas mangé. C'était assez impatientant. Puis Louise allait se recoucher dix minutes. Jouissant et déses-pérant à la fois de ces derniers instants de sommeil. Pas de vrai sommeil, de rêve plutôt. Il faisait toujours beau dans ses rêves.

On ne pouvait pas en dire autant de la journée qui commençait. Ça ne donnait vraiment pas envie de se lever. Mais Louise se leva quand même, elle n'avait pas telle-ment le choix: non seulement elle ne bénéfi-ciait pas de congés de maladie mais elle ne voyait pas qui elle aurait pu appeler pour se faire remplacer au travail à six heures et demie du matin. Réveiller quelqu'un pour lui demander service, c'est plutôt risqué. Heureusement, elle avait préparé son linge pour le lendemain. C'était une expression de sa mère, « préparer son linge ». C'était quand même hasardeux parce qu'elle ne pouvait pas savoir la veille quelle serait la température du lendemain. Surtout à Québec où la température avait pour seule constante d'être anormale, imprévisible. Bien sûr, Louise aurait pu mettre immédiatement son uniforme de travail, seulement le costume était vraiment trop laid. Louise se disait qu'un costume aussi affreux l'enlaidissait, et comme elle n'était pas très aimable, il valait mieux qu'elle soit jolie si elle voulait avoir de bons pourboires, les clients étant davantage portés à en laisser moins que trop. Le costume était peut-être ce qu'elle aimait le moins de son travail : une robe rouge avec des garnitures blanches, une coiffe blanche, des souliers blanc infirmière. D'affreux souliers avec une semelle épaisse, lacés, des souliers orthopédiques. Elle ne pouvait pas porter autre chose ; quand on marche neuf heures par jour, on sacrifie la beauté au confort. Heureusement les clients avaient autre chose à faire que de lui regarder les pieds. Ils regardaient généralement plus haut. Louise avait ajusté sa robe de façon qu'elle lui moule bien la poitrine et les hanches. C'était réussi. On oubliait que la robe était en nylon lourd, écarlate et laide. Même si le patron exigeait que la robe fût boutonnée jusqu'au cou, elle trouvait moyen d'entrouvrir son corsage. Elle avait toujours très chaud.

À sept heures, Louise poussa la porte du restaurant. Le patron était déjà arrivé. Habituellement, on ne le voyait pas avant dix heures mais le lundi était la journée du dépôt. Une journée très importante. Johanne arriva quelques instants après Louise, elles se dirigèrent vers les cuisines et revinrent bientôt avec quelques tranches de pain grillé. Le café n'était pas fait, elles se contentèrent de lait au chocolat. Louise était plutôt contente : elle n'aimait pas le café et en buvait seulement parce que ça ne faisait pas engraisser ; par contre, s'il n'y avait pas de café, mon Dieu, ce n'était pas de sa faute et elle pouvait boire le chocolat au lait sans remords. Johanne aussi était au régime. Elles échangeaient les menus amaigrissants, ne les essayaient jamais, comptaient les calories, fantasmaient sur tout ce qu'elles servaient aux clients. Pour le moment toutefois elles avaient mieux à faire : Johanne se penchait toujours un peu en avant quand elle faisait des confidences. Louise trouvait cela parfaitement ridicule car il n'y avait personne pour écouter sauf le patron, monsieur Tchou, qui lisait son journal et que n'intéressaient pas de toute manière les amours de son employée.

« Où l'as-tu rencontré ?

—Ici. Vendredi soir. Tu venais de partir. Je prenais un café avant de sortir, j'savais pas quoi faire, j'avais envie de sortir mais toute seule c'est ennuyant... Je me disais que j'allais magasiner quand il est entré. »

Johanne s'était tue. Comme perdue dans ses rêveries mais pas tout à fait; elle espérait que Louise la questionne. Louise le savait, et comme elle n'avait pas envie de se compliquer l'existence un lundi matin, elle demanda :

« Est-ce que je le connais ?

—Oh non ! Sûrement pas, c'était la deuxième fois qu'il venait ici. » Elle poursuivit. « J'étais assise à la deux, il est venu vers moi, m'a demandé si je travaillais encore. Non, je lui ai dit. Alors il m'a demandé s'il pouvait s'asseoir avec moi. J'ai fait semblant d'hésiter un peu, et j'ai dit oui. Il s'est assis. Tu peux pas savoir comme il est beau. Tu te souviens de Paul? Bien lui, il est encore plus beau. »

Quand Johanne parlait, Louise pensait toujours que c'était bizarre que sa compagne s'efforce de bien parler. Elle disait « il est ». C'était étrange parce que Louise ne voyait pas du tout pourquoi Johanne se donnait du mal pour converser avec elle. Johanne continuait à parler, elle était lancée; les hommes, c'était son sujet favori. Nadia, l'autre serveuse qui travaillait avec elles et qui était encore en retard, aimait aussi en parler.

« Il est grand, c'est une chance, je vais pouvoir mettre mes souliers bleus quand on va sortir ensemble. Il a les cheveux noirs, les yeux noirs, je trouve ça assez beau les gars qui ont les yeux noirs, tu peux pas savoir quel effet ça me fait. Il a une belle moustache noire. Puis il est bien habillé. Vendredi il avait un veston en cuir tan. Du cuir, moi je trouve que ça fait sexy. Trouves-tu? Mais samedi, il avait mis un manteau bleu. Un bleu-gris. J'ai toujours aimé le bleu, tu le sais.

—Oui, je sais.»

Louise répondait n'importe quoi, Johanne n'aimait pas plus le bleu que le noir ou le brun. Mais ce n'était pas important, Johanne n'écoutait pas ses réponses. Elle continuait à raconter sa merveilleuse soirée du vendredi.

«Il s'est assis en face de moi. Il m'a dit : "Ça fait longtemps que vous travaillez ici, mademoiselle?" Je lui ai dit trois ans. "Ah." Il a fait comme un sourire, un genre de sourire : "Je me demande comment ça que je ne suis pas venu ici avant. Avoir su." Et il m'a regardée dans les yeux. J'avais des frissons qui me passaient partout, il m'a dit : "Est-ce que vous soupez ici?" Je savais pas trop quoi lui répondre, si je disais non et qu'il soupait ici, j'aurais l'air folle de rester là. D'un autre côté, si je disais oui et qu'on passait la soirée au restaurant, c'était pas mieux. J'ai répondu : "Peut-être, ça dépend." "Ça dépend de quoi?" "J'sais pas, moi..." Il m'a dit : "Est-ce que ça vous tenterait d'aller manger ailleurs?" "Pourquoi pas?" Je me suis levée. J'étais assez contente de m'être changée — c'est une bonne idée que tu as eue, toi, de me faire penser à ça. J'avais ma robe mauve avec mon foulard rose. Il m'a aidée à mettre mon manteau. Il est galant. On est allé au Marie-Camille. J'ai presque pas mangé tellement j'étais énervée. On est resté au moins une heure et demie.

—Comment il s'appelle? demanda Louise.

—Ralph. C'est un beau nom. Moi, les noms anglais... Ralph!

—Johanne! Louise! Un café!» Les deux filles répondirent ensemble:

«Il n'est pas encore prêt, monsieur Tchou.»

Monsieur Tchou en était contrarié, il ajouta:

«Il me semble que vous pourriez commencer plus tôt, le café serait prêt pour sept heures. Ça serait une bonne affaire.» Il soupira, fronça les sourcils, grogna: «Nadia n'est pas encore arrivée? Jamais à l'heure, comme d'habitude!»

Puis, devant l'attitude muette des deux filles, il replongea la tête dans son journal.

«Une chance que les journaux existent», pensait Louise. Puis elle se releva, se dirigea vers le comptoir, y prit une pile de serviettes de table, de napperons, et se mit à monter les tables. Johanne la suivait avec les couverts. À sept heures vingt-cinq, elles avaient terminé, le café était enfin prêt et elles en prirent chacune une tasse. Deux minutes plus tard, les premiers clients arrivaient. Johanne et Louise n'avaient jamais le temps de boire leur café. Toute la ville allait déjeuner, toute la ville allait boire du café sauf elles. Même si elles n'aimaient pas le café, c'était frustrant. Pour la cinquantième fois, Johanne dit à Louise. « Je ne comprends pas pourquoi c'est à nous de faire le café. Si le cuisinier branchait le percolateur quand il arrive, on aurait le temps. C'est pas parce que lui n'aime pas ça qu'on est obligé de se priver. » Puis elle prit son livret de factures et écouta les cinq clients, qui s'étaient assis, donner leur commande. Louise l'imita dans sa section. Ce n'est qu'à dix heures moins quart qu'elle eut le temps de boire un café et de regarder le journal. Regarder parce qu'elle n'avait pas le temps de le lire. En manchette ce lundi matin : « Une mère de famille assassinée. » Louise avait toujours envie de demander si c'était la famille ou la mère qui avait été tuée. Mais on trouverait cela de mauvais goût. En page 2, il y avait plus de détails relatifs au meurtre.

« *La Sûreté du Québec a poursuivi, hier, son enquête relativement à la mort de Pierrette Beaulieu-Paré, qui a été assaillie sauvagement, samedi soir, à son domicile, 78, rue Saint-X.*

La jeune femme, mère d'un enfant de deux ans, attendait vraisemblablement son mari lorsque l'agression s'est produite. Un ou plusieurs individus se seraient introduits dans l'appartement. Selon les policiers, le vol ne serait pas le motif du crime crapuleux. En effet, la victime, qu'on a découverte baignant dans son sang, à été étranglée puis mutilée sexuellement, selon l'autopsie.

Les enquêteurs songent plutôt à un crime sadique. Un n'exclut pas l'hypothèse d'un sacrifice rituel comme c'était le cas lors de la mort de Jeanne Lesboens, en juillet 1979. »

« C'était de ça dont parlaient les clients ce matin », se dit Louise. Elle ne les avait pas écoutés; elle avait la faculté d'entendre seulement les commandes : café, deux œufs bacon, café. Il n'y avait pas d'autres détails dans le journal sauf des photos du mari éploré, du bébé, des voisins qui la trouvaient bien gentille. Louise pensa qu'elle achèterait un journal à sensation pour en savoir plus long. Parce que la rue Saint-X n'était pas très loin de chez elle, que la victime était déjà venue au restaurant, peut-être même même vendredi ou samedi avant de mourir. Parce que Louise avait accepté depuis longtemps d'être attirée par les récits sanglants. Elle avait lu des bouquins sur les camps de concentration, et ce n'était pas pour la culture, alors pourquoi ? Louise en avait conclu que l'être humain est fasciné par la mort, surtout violente, et ceci expliquait que les tirages des journaux à sensation soient à la hausse.

À la tabagie où elle acheta son journal, tout le personnel parlait du meurtre. On se demandait si la victime, avait été violée : le journal ne donnait pas une information claire, « mutilation sexuelle » ça veut dire quoi au juste ? Est-ce que Pierrette Beaulieu-Paré avait été violée ?

Louise, pour sa part, se demandait si la

victime avait subi les violences avant ou après sa mort. C'était toute la différence du monde. Pour violer après avoir tué, il faut être fou; personne ne voudrait violer la mort. Pour violer avant, il faut être sadique. Louise pensait qu'il y avait sûrement plus de sadiques que de fous, si on songe au nombre de viols. Mais, de toute façon, on ne saurait que demain, avec d'autres nouvelles, si mutilation signifiait aussi viol.

Johanne était dans tous ses états quand elle eut fini de lire le journal que Louise avait laissé sur le comptoir.

«Louise! Je suis sûre qu'on le connaît! Il doit être venu ici! Puis la femme aussi, on la connaît, c'est certain! C'est épouvantable! Je trouve ça effrayant! Qui tu penses que c'est, le meurtrier? D'un coup qu'il est venu à matin! Si jamais j'apprends que c'était un client, j'arrête de travailler ici. C'est effrayant! Pauvre madame! Imagine son mari, ça doit être effrayant! Moi, je trouverais ça effrayant! Tu dis rien?

—Moi aussi je pense qu'il est probablement venu ici.»

Johanne s'indigna:

« Ça n'a pas l'air de te déranger.

— Qu'est-ce que tu veux que je fasse ? »
Johanne répondit qu'elle se ferait raccompagner chez elle quand elle quitterait le restaurant. Les rues étaient trop dangereuses.

Louise allait entendre parler du meurtre toute la journée ; un client sur deux lui donnait son avis quant à l'identité du meurtrier. Ce lundi 20 septembre, la ville de Québec comptait au moins sept cent quatre-vingt-trois détectives amateurs. Ça n'enlevait rien à l'horreur du meurtre.

Quand Louise rentra chez elle, le crépuscule lui parut menaçant. Il est rare qu'on pense au crépuscule, en septembre, quand l'air sent les feuilles fumées et la fraîcheur des nuits prochaines. On pense que les jours raccourcissent, que ce sera bientôt l'hiver, mais on ne pense jamais précisément au crépuscule. C'est pourtant à lui que Louise songeait. Parce que le ciel était cramoisi, on aurait dit qu'il narguait les femmes, toutes les femmes du quartier angoisseraient, ce soir-là, de rentrer chez elles.

Louise avait peur. Et d'autant plus que ça ne lui arrivait jamais. Elle était généralement très sûre, mais ce soir-là... Elle marchait beaucoup plus vite que le matin en sens inverse. Un pas rapide, décidé. Pas précipité, il ne fallait pas montrer qu'elle avait peur. Montrer à qui? Elle n'aurait pu dire, c'était confus comme impression, mais elle pensait que c'était mieux de paraître sûre d'elle. Plus elle s'efforçait d'être calme, plus elle s'entendait respirer. Il lui semblait que le monde entier l'entendait respirer. Qu'est-ce que ça pouvait être difficile d'avoir l'air ordinaire! Qu'elle était idiote d'avoir peur comme ça! Mais elle n'arrivait pas à rire de ses peurs. C'est qu'elle n'avait pas envie de mourir! Elle ne voulait pas mourir. Alors elle marchait encore plus vite, oubliant ses résolutions d'allure décontractée. Puis elle ralentit de nouveau. Elle vit un homme, de l'autre côté de la rue, à quelques maisons derrière elle. Il était grand, avait les cheveux noirs et les mains dans ses poches. Louise ne respirait plus du tout. Elle était à quelques mètres de chez elle, ce serait trop bête. Mais elle ne bougeait pas. Elle se rappelait les histoires de serpents qui hypnotisent et elle trouvait idiot de penser à ça au lieu de courir, mais elle ne courait pas. Elle étouffait à force de ne pas respirer. Elle voyait l'homme s'avancer. Elle se voyait immobile et l'homme qui avançait toujours, de l'autre côté de la rue, qui la dépassait, marchait devant elle, et prenait une autre rue. Elle ne voyait plus l'homme depuis quelques minutes quand elle se mit à pleurer. Elle haletait, s'étranglait dans ses sanglots, elle n'en pouvait plus d'avoir peur. C'est terrifiant d'avoir peur.

Elle introduisit la clé dans la serrure, s'y prit à deux fois parce qu'elle ne voyait pas bien; on n'avait pas encore installé de lampe dans l'entrée. Elle prit son courrier — des comptes, toujours des comptes — puis pénétra dans son appartement. Mozart et Rose accouraient vers elle. Louise s'accroupit — s'affala, pour être plus juste — et leur dit comme elle avait eu peur et qu'ils étaient bien chanceux d'être des chats, qu'ils ne mourraient pas assassinés dans leur lit. Elle laissa tomber son manteau sur une chaise, passa à la salle de bains pour faire couler son bain, en espérant qu'il restait suffisamment d'eau chaude pour elle, se dévêtit, rangea ses vêtements pour le lendemain; elle porterait la même chose. Les chats la suivaient partout quand elle rentrait le soir. Louise trouvait que ses chats confirmaient l'exception de la règle : ils n'étaient pas très indépendants. Elle les adorait. Souvent, elle se disait qu'il était malheureux qu'elle soit une humaine car elle vivrait sans doute plus longtemps qu'eux et que les voir vieillir et mourir serait la plus grande souffrance de son existence. Ils n'étaient âgés que d'un an, heureusement. Mozart était tout noir à poil ras. Il avait les yeux verts, vert printemps, et le nez noir. Louise aimait mieux les chats qui n'avaient pas le nez rose. Tia Maria était grise, son pelage était ouaté, nuageux, voluptueux. Ils formaient un beau couple.

Louise ferma les robinets, mit sa main dans l'eau, c'était un peu trop chaud. Elle s'assit sur le bord de la baignoire et attendit un peu. Elle se regarda dans le miroir. Peut-être devrait-elle se faire couper les cheveux. Avoir un toupet ? Des mèches ? Quoi ? Ces jours comme celui qu'elle venait de vivre, on a envie de changer de tête à défaut de changer le monde.

Quand Louise fit couler l'eau de son bain, le bruit qui se répercuta dans les tuyaux indiqua à son voisin qui habitait au-dessous d'elle que la jeune femme était rentrée. Roland en fut ravi. Ravi pour rien puisqu'il y avait peu de chances que sa voisine vienne lui faire la conversation; conversation axée principalement sur leur propriétaire et qui rebondissait à chaque augmentation de loyer ou quand les locataires recevaient leurs comptes de taxes. Les comptes étaient toujours gonflés. Il n'y avait rien de tout ça dans le courrier aujourd'hui. Roland ne verrait donc pas Louise. Ça l'embêtait. Il n'était pas prodigieusement amoureux de la jeune femme mais, dans l'état actuel des choses, de sa situation, il appréciait sa présence. En d'autres temps, il ne l'eût probablement pas remarquée, il réussissait à la trouver belle. En fait, elle était plutôt jolie mais ce n'était pas son type de femme. Il les aimait petites, avec de petites mains, de petits pieds. Il les aimait blondes ou châtaines. Et avec les yeux noirs. Du temps où il avait une vie sociale plus agitée, il avait constaté qu'il n'y avait pas des masses de blondes à l'œil sombre dans la ville de Québec.

Même si Louise avait une crinière rousse, les yeux verts comme ceux de ses chats, et qu'elle était aussi grande que lui — sans talons —, il l'aimait bien. C'était le type parfait de la jeune fille gentille, sans problème. Qui ne se pose pas de questions outre celles qui concernent son allure extérieure ou ses chats. C'est fou comme elle les aimait. C'était ses amis, ses amants, ses frères, ses sœurs, c'était tout son univers. Quand Roland parlait à Louise de ses bêtes, il avait l'impression qu'elle s'animait sous ses yeux; la plupart du temps, elle semblait indifférente à ce qui l'entourait. Il ignorait cependant qu'elle avait une autre passion : les dés à coudre.

Il l'enviait d'être aussi simple. Comme la vie devait être agréable pour les gens qui n'étaient pas, comme lui, hantés par une conscience aiguë d'être et de ne pas être. Du bien, du mal. De la vie, de la mort. Ce matin, quand la concierge lui avait apporté les journaux relatant le meurtre, le problème du mal lui était apparu dans tout son éclat. Il aurait aimé savoir ce que les gens pensaient du meurtre. Si on avait une idée quant à l'identité du meurtrier. Il était certain que les enquêteurs pataugeaient. Ces crimes gratuits sont souvent des crimes parfaits. Il promenait son regard autour de lui où il y avait sept (un chiffre magique) aquariums quand on frappa à la porte.

« Entrez.

—C'est juste moi, Roland, je descendais chercher du lait, je me demandais si tu n'avais pas besoin de quelque chose. »

Roland n'avait besoin de rien, mais comme c'est Louise qui frappait à la porte, il aurait fallu être idiot pour ne pas profiter de l'occasion. Alors il lui demanda d'acheter des œufs. « Tu mettras sur mon compte. »

Louise lui fit un petit sourire et referma la porte.

Roland se demandait ce qui avait pu pousser Louise à venir le voir. Il savait que les œufs et le lait n'étaient qu'un prétexte :

quand Louise venait le voir, c'est qu'elle avait toujours un motif réel. Est-ce que le propriétaire l'aurait appelée par hasard? Non, elle n'avait pas été chez elle de toute la journée. Roland qui ne dormait pas beaucoup l'avait entendue quitter l'appartement tôt le matin. Pourquoi voulait-elle le voir? Ce qui lui faisait plaisir et le rassurait, c'est qu'il savait très bien que Louise ne venait pas chez lui par pitié. Elle n'avait pas ce genre de sentiment. Heureusement car c'eût été bien embarrassant. Quand les gens le voyaient, ce qui arrivait de moins en moins fréquemment, ils le regardaient droit dans les yeux. Roland se disait souvent qu'il ne connaissait personne d'autre que lui qu'on regardait aussi intensément dans les yeux. Surtout des étrangers. C'est qu'ils n'osaient pas regarder ailleurs. La vision d'un homme d'une trentaine d'années cloué sur une chaise roulante était déprimante. Et gênante. Un peu le type de situation qui nous faire dire, mal à l'aise, à une heureuse mère que son enfant a l'air éveillé quand on ne peut absolument pas prétendre qu'il est beau. Les gens voulaient savoir ce qui était arrivé à Roland mais n'osaient pas le demander, bien entendu.

Louise le savait mais n'était pas tellement impressionnée, sinon elle serait venue plus souvent le voir. Peut-être le craignait-elle un peu. «Non pas craindre mais je lui répugne ou je l'intrigue. En tout cas, je lui fais une drôle d'impression. N'est-ce pas que je fais une drôle d'impression, mes chéris?» fit-il en tapotant la vitre d'un aquarium. Les poissons regardaient son doigt contre la paroi vitrée, se demandaient si c'était l'heure du lunch et qu'est-ce que ce doigt voulait, pourquoi ce doigt les dérangeait. Roland les dérangeait pour rien, pour le plaisir de voir le banc coloré se déplacer, curieux. Il enviait les poissons qui n'avaient pas de problèmes métaphysiques. Roland enviait beaucoup de gens, beaucoup de choses. Il n'enviait pas les êtres qui étaient beaux parce que lui-même l'était. De taille moyenne, il paraissait souvent plus grand — du temps qu'il marchait — parce qu'il était élancé. Pas maigre, élancé. Une fille lui avait dit un jour qu'il ressemblait à Paul Newman; il avait ri, mais depuis ce temps il s'était efforcé d'accentuer cette ressemblance avec la vedette. Il y avait assez bien réussi. Ça désolait d'autant plus les gens qui le voyaient handicapé. «Un si bel homme, c'est donc triste!» Roland se disait que ce serait aussi triste s'il était laid, mais comme toujours les gens avaient plus de sympathie pour la beauté.

À l'hôpital, sa beauté ne lui avait pas donné grand-chose sauf, peut-être, des sourires attentifs des infirmières. Infirmières qui plaignaient ce beau garçon cloué sur une chaise roulante.

On ne pense jamais à ses tibias, ses péronés et ses fémurs quand ils sont en bon état. Quand ils sont égrenés, on se rappelle le bon vieux temps. Maintenant ils étaient réparés ses os, mais Roland ne marchait toujours pas. Les médecins qui n'y comprenaient rien parlaient de choc émotif à retardement, de complexe, disaient que le temps arrangerait les choses. Roland s'était acheté une belle chaise roulante électrique parce qu'on ne savait pas combien de temps il y resterait. Le Temps n'avait pas l'air tellement pressé d'arranger les choses. Pourquoi se presserait-Il le Temps? Il avait d'autres choses à faire le Temps. Roland approuvait.

« Ça m'a pris du temps, je m'excuse. Je vais laisser mes bottes dans l'entrée.

—Tu peux les garder, Louise. Elles sont belles ! C'est nouveau ? s'enquit Roland.

—Oui. Je les ai achetées au printemps, l'an passé, pour profiter des ventes, mais je les avais pas encore mises. Veux-tu que je mette les œufs dans le réfrigérateur ? »

Pendant qu'elle plaçait les œufs dans le compartiment prévu à cet effet, elle poursuivait, attentive à ne regarder que ses œufs :

« As-tu entendu parler du meurtre sur la rue Saint-X ? »

Roland haussa les sourcils (« C'était donc de ça qu'elle voulait m'entretenir ») et répondit :

« Oui, madame Gauthier m'a monté les journaux ce matin. Elle était très inquiète. C'est épouvantable.

—J'ai un peu peur. Je voulais te demander si tu n'avais rien remarqué, toi ? dit Louise en se tournant vers lui.

—Pourquoi j'aurais remarqué quelque chose ?

—Je ne sais pas. Mais tu es ici toute la journée. Des fois que tu aurais vu quelqu'un tourner autour de la maison. Tantôt j'ai vu un bonhomme bizarre tout en noir qui avait l'air de regarder vers ici. Je suis sûre qu'il me suivait. »

Roland sourit doucement : « Quand tu l'as vu ?

—Quand je suis entrée à cinq heures et demie. J'ai pas aimé ça.

—Je pense que tu lis trop de romans », suggéra Roland.

Louise le regardait, indécise, mi-furieuse, mi-soulagée. « J'aimerais donc ça qu'il me prenne au sérieux. Il doit avoir encore passé son après-midi à lire des livres compliqués au lieu de regarder par la fenêtre. Mais je dois me faire des idées. J'ai eu peur pour rien. »

Roland poursuivait :

« Tu n'as pas à t'inquiéter, les policiers vont être très vigilants après ce qui s'est passé. Ils vont faire des rondes régulièrement. Ils doivent avoir des suspects.

—Non, c'était pas écrit dans le journal.

—Réfléchis deux minutes, Louise : si c'est écrit dans les journaux que les enquêteurs soupçonnent quelqu'un, ce quelqu'un-là va être méfiant, va peut-être quitter la ville. Ils ne sont pas imbéciles, les policiers. »

Louise était ravie de cette solution. C'était très rassurant.

« C'est vrai. Tu dois avoir raison. »

Roland reprit :

« De plus, il n'y a rien qui dit que l'assassin va frapper encore. Des étrangleurs de Boston, ça ne court pas les rues. Moi, je crois plutôt que c'est un crime isolé. »

Il lui proposa un verre, mentionnant en souriant qu'elle devrait se servir. Louise fut sur le point de refuser parce qu'elle ne savait pas trop quoi dire à Roland, mais elle dit oui; après toutes ces perturbations dans ses habitudes, ça lui ferait du bien. Roland avait un beau bar : tous les apéritifs, tous les digestifs, toutes les liqueurs qu'on pouvait désirer s'alignaient en rangées colorées dans un meuble, au fond de la pièce. Il y avait même un petit chariot avec un plateau pour le service. Louise servit un scotch pour Roland et un Cinzano pour elle. Elle alla chercher de la glace qu'elle mit dans un petit seau placé à cet effet dans le plateau. Elle se trouvait un peu idiote de ne pas profiter de la multitude de boissons pour se préparer un cocktail, mais elle n'aimait pas les cocktails. Dommage. Elle fit rouler le chariot jusqu'a Roland. Il prit son verre :

« Tu te souviens toujours que je bois mon scotch avec de la glace ! »

Louise sourit :

« C'est normal : réflexe professionnel. Si je n'étais pas capable de me souvenir de ce que les gens mangent et de ce qu'ils boivent, je serais mieux de me trouver une autre job.

— Oui, c'est vrai. »

Roland se demandait comment Louise était, nue. Ses vêtements étaient toujours ajustés, mais malgré tout Roland trouvait difficile de se faire une idée. Les apparences sont parfois trompeuses. Il avait connu plusieurs fausses maigres et plusieurs fausses blondes. D'après lui, Louise devait avoir les seins anarchiques. Des seins anarchiques, c'est des seins qui vont chacun dans leur direction : un à droite et un à gauche. C'était ça l'anarchie pour Roland ; les extrêmes qui s'annulent, un néant. La théorie ne s'appliquait pas aux seins des femmes mais Roland avait adopté l'expression.

Louise se demandait ce que les jambes de Roland pouvaient bien avoir : leur allure était tout à fait normale. Elle savait ce qui était arrivé à Roland, mais elle savait aussi qu'il devrait marcher depuis quelques mois déjà. On aurait dit que les jambes n'appartenaient pas à Roland, qu'elles avaient leur vie propre ; si elles ne marchaient pas, c'est qu'elles n'en avaient pas envie. C'était con quand même cette histoire.

« Ça ne paraît pas tellement ? » dit Roland en désignant ses jambes.

Louise, surprise dans ses pensées, le regarda puis laissa tomber :

« Non. »

Ce non était tout sec. Louise détestait qu'on devine ses pensées. Habituellement les gens qu'elle fréquentait ne pouvaient pas savoir ce à quoi elle songeait. Johanne, par exemple, ou monsieur Tchou ou Bettina ou madame Gauthier ou les clients, quand ils lui parlaient, elle les écoutait mais elle pensait toujours à autre chose en même temps. Sauf, bien entendu, si on lui parlait des chats. Pas nécessairement des siens ; des chats, n'importe lesquels. Des persans, des siamois, des birmans, des abyssins, des bâtards, des chats sauvages, des lynx, des couguars. Elle se sentait beaucoup plus à l'aise avec les félins qu'avec les humains. Si son voisin ne lui était pas antipathique, c'est qu'il semblait aimer autant ses poissons qu'elle ses chats. C'était sûrement quelqu'un d'intéressant malgré son caractère étrange. Il lisait des livres surprenants, des traités de philosophie, des livres de, de — elle ne se souvenait plus — un genre de physique ou de chimie; bref des histoires qui ne pouvaient intéresser qu'une certaine catégorie de personnes.

Louise regardait le bêta dans l'aquarium. Il avait un aquarium pour lui tout seul.

«Pourquoi est-ce qu'il n'y a pas d'autres poissons comme lui dans l'aquarium? Moi, je trouve que c'est le plus beau poisson. Tu devrais en mettre plusieurs. C'est parce qu'ils coûtent très cher? »

En posant cette question, Louise se traitait d'imbécile; ce n'était sûrement pas une question d'argent, Roland était très à l'aise depuis son accident.

«C'est que le bêta est un poisson particulier; il porte bien son nom. Il déteste ses semblables. S'il y avait un de ses congénères dans l'aquarium, ils se battraient à mort.

—C'est ennuyeux, dit Louise.

—Non, c'est fascinant. Chaque poisson a son humeur, comme les humains. Ici, j'ai recréé une sorte de mini-société; c'est intéressant d'étudier les comportements. De toute façon, je n'ai que ça à faire», conclut-il en souriant.

Louise trouvait un peu énervant que Roland sourie chaque fois qu'il faisait allusion à son infirmité; ça n'avait rien de drôle. Peut-être était-il mal à l'aise.

«Mais tu lis beaucoup?

—Oui, ça occupe.»

Il devait être pas mal occupé, songeait Louise en regardant tous les livres de la bibliothèque. Des tonnes et des tonnes de livres. Ça lui donnait mal au cœur, comment pouvait-on lire tout cela? Quand Bettina était venue avec elle chez Roland, deux mois auparavant, elle en avait été bien impressionnée. C'était par hasard que Bettina était avec elle; elles étaient allées magasiner et Louise avait acheté de la nourriture pour les poissons et du gravier. Bettina avait trouvé

que Roland était beau-c'était-pas-possible!
Roland était beau à ce point? Louise n'y
avait jamais pensé. Ça devait être vrai.
Louise ne savait pas ce que c'était être beau.
Bettina avait voulu revenir «pour parler»
avec Roland, mais comme Louise et elle ne
se fréquentaient pas régulièrement, les désirs
de Bettina n'avaient pas grand-chance d'être
réalisés. Nadia aussi avait rencontré Roland.
Elle n'avait pas été particulièrement diplo-
mate, ne cessant de répéter qu'elle aimait
danser, qu'elle adorait danser, sentir le
rythme dans ses jambes. Idiote! Enfin,
Louise se disait que ce n'était pas son problème. Elle, chaque fois qu'elle voisinait
Roland, elle ne savait pas au juste quoi dire.
Comme ce soir. Elle se dit qu'elle terminerait
son verre et partirait. Ce qu'elle voulait,
c'était son idée sur le meurtre, et comme de
toute évidence il n'en avait pas, elle pouvait
donc s'en aller.

«Est-ce que tu as soupé?» s'enquit Roland.

«Merde, qu'est-ce que je fais?» pensa
Louise qui avait l'air tellement consternée
que Roland se mit à rire:

«Tu n'es pas obligée de répondre à mon

invitation. Mais n'aie pas peur, ce n'est pas moi qui prépare le souper. J'avais envie de commander des mets chinois. »

Louise, soulagée, remercia :

« Je suis désolée, Roland, mais tu oublies que je travaille dans un restaurant. Où on sert des mets chinois et canadiens. »

Roland était désolé lui aussi. Il aurait pu y penser. Louise se leva, prit son manteau. Elle échangea quelques mots avec Roland avant de le quitter, il lui fit promettre de venir le voir pour lui donner des nouvelles du crime. Madame Gauthier, disait-il, oublie parfois de lui porter le journal.

Si madame Gauthier l'avait entendu, elle en aurait été peinée parce que ce n'était pas vrai ; elle lui portait le journal dès qu'elle avait fini de le lire. Aujourd'hui, elle l'avait relu au moins trois fois. Ça n'avait pas de bon sens de vivre avec des fous en liberté. Elle se félicitait d'avoir fait poser une double chaîne le mois dernier. Au moins, elle était en sécurité. Eh, Seigneur ! puisque les rues étaient si peu sûres (elle oubliait que le meurtre avait eu lieu au domicile de la victime) elle ne sortirait qu'à des heures où il y avait beaucoup de monde dans les rues. C'était quand même scandaleux.

Madame Gauthier entendit des pas au-dessus d'elle — les planchers étaient vraiment minces: son Roland avait de la visite. Tant mieux! Il était si poli. Ce n'est pas lui qui aurait assassiné une mère de famille. Madame Gauthier croyait en Dieu, mais quand elle voyait le beau Roland dans sa chaise roulante, sa foi chancelait. Elle trouvait que la punition avait assez duré. Elle espérait que ce soit Louise qui visite Roland. Elle était une gentille fille, à-sa-place. Madame Gauthier était une marieuse invétérée, elle imaginait difficilement un être sans un autre à ses côtés. On pouvait se demander pourquoi elle ne s'était pas encore remariée.

Après que Louise l'eut quitté, Roland resta quelques minutes à réfléchir à ce départ. Pourquoi la jeune fille était-elle partie? Était-ce vraiment parce que le menu ne lui convenait pas? Il l'espérait. Car il trouvait qu'elle aurait pu se montrer plus aimable, ce n'était pas tous les jours qu'il invitait quelqu'un à souper. Il l'espérait sincèrement pour elle sinon il serait obligé de prendre des mesures désagréables afin qu'elle lui témoigne un peu plus de respect. Un point jouait en faveur de Louise, c'est qu'elle n'avait pas pitié de lui. Mais ce n'était pas suffisant, il voulait qu'elle le considère. Si elle le connaissait vraiment, elle l'admirerait! Pour l'instant il ne pouvait pas se faire connaître réellement mais il n'en avait plus pour longtemps. Enfin, Louise reviendrait le lendemain avec les nouvelles du meurtre et il la réinviterait.

C'était vraiment intéressant de lire le compte rendu du crime dans les journaux. Il trouvait cependant que les journalistes manquaient d'imagination et que les mêmes expressions revenaient trop souvent: crime crapuleux, assaillie sauvagement, sanglante tuerie. Il semblait à Roland qu'à chaque meurtre on puisait dans une banque de clichés et qu'on changeait seulement le nom des victimes. Pourtant, ce dernier meurtre était quand même plus intéressant qu'un règlement de comptes. Il se mit à rire. Il riait. Il riait. Dommage qu'il n'y ait eu personne pour le regarder car il avait de si belles dents.

Sa mère disait toujours qu'il aurait pu annoncer du dentifrice. Il aurait pu être un vampire. Comme c'était drôle !

À huit heures précises, miss Van Ilen traversa la cour et se dirigea vers l'immeuble où habitait Roland. Elle était infirmière diplômée à sa retraite et visitait quelques patients dans la journée. Des patients qui n'avaient pas besoin de ses services toute la journée mais seulement pour certaines choses bien précises. Ainsi, elle allait aider monsieur Roland à faire sa toilette, voir s'il n'avait envie de rien avant de se coucher, vérifier si le réfrigérateur était bien garni, comment allait son patient depuis le dîner qu'il avait pris en sa compagnie.

Il allait bien. Elle lui trouva un air égayé et conclut que c'était à cause de la visite — elle savait qu'une personne l'avait précédée parce qu'il y avait deux verres et monsieur Roland ne buvait jamais seul. La visite était-elle blonde ou brune ? avait-elle envie de demander. Miss Van Ilen n'en fit rien. Et cela même l'étonnait ; c'était dans son caractère de taquiner ses patients, oh ! gentiment bien sûr. Elle trouvait que le rire était une bonne thérapeutique. Elle ne savait pas ce qui la retenait avec monsieur Roland, qui aurait pu être son fils. C'est probablement parce qu'il ne riait jamais pour les mêmes choses qu'elle. Il trouvait comique de parler de son accident. Non pas comique, le mot est un peu fort, mais il souriait toujours quand il en était question. Miss Van Ilen avait demandé aux médecins si c'était une attitude normale mais elle avait reçu a) des réponses évasives, b) des réponses beaucoup trop savantes pour elle. Elle s'était donc dit que son patient était bizarre et qu'il n'était pas le seul sur la planète. Dans sa vie, miss Van Ilen avait rencontré pas mal de gens étranges, ça n'en faisait qu'un de plus. De toute façon, cela ne la dérangeait pas et Roland ne restait pas loin de chez elle. Le salaire qui lui était versé arrondissait un fond de pension que miss Van Ilen trouvait bien maigre pour une femme qui avait travaillé toute sa vie. C'est madame Gauthier qui avait pensé à elle deux ans plus tôt quand Roland avait eu son accident. C'était très gentil de la part de madame Gauthier.

Bien sûr, elle ne voulait pas perdre son locataire qui était si charmant. Miss Van Ilen le comprenait fort bien; aujourd'hui c'était si difficile d'avoir de bons locataires. Elle-même dans son immeuble ne pouvait pas en dire autant: les voisins qui habitaient au-dessus de chez elle fêtaient un peu trop souvent à son gré. Elle s'était plainte une fois, sans succès. Elle approuvait madame Gauthier: Roland devait être un locataire exceptionnel. Même avant d'être immobilisé il était aussi tranquille, paraît-il. Miss Van Ilen, malgré qu'elle le trouvait étrange, l'appréciait comme patient. Il ne se plaignait jamais. Bien sûr il ne souffrait pas, mais miss Van Ilen en connaissait qui étaient moins handicapés que lui, elle connaissait des gens qui n'étaient pas handicapés du tout et qui gémissaient sans arrêt. On aurait dit que ça lui était indifférent, à monsieur Roland, d'être cloué dans un fauteuil roulant. Il ne manifestait aucune envie de sortir, de voir des gens. Il semblait se contenter de ses poissons et de ses livres. D'affreux livres, il faut bien le dire; qui parlaient de Dieu d'une bien étrange manière si on se fiait au discours que tenait monsieur Roland. Miss Van Ilen en avait retenu que Dieu n'existait pas vraiment, qu'il y avait un néant et que le Mal était la non-puissance d'un choix orienté. C'était très confus et miss Van Ilen n'avait jamais cherché à approfondir le sujet parce que cela excitait trop monsieur Roland quand il en parlait. Le docteur avait dit qu'il avait besoin de calme.

«Vous avez lu la nouvelle ce matin, miss?» demanda Roland.

Oui, elle l'avait lue. Elle n'en avait pas parlé au dîner parce qu'elle trouvait que ces histoires de mort, ce n'est jamais bon pour le moral des patients. Monsieur Roland ne semblait pas s'en porter plus mal pourtant.

«Qu'est-ce que vous en pensez, miss? continuait Roland.

—Qu'est-ce qu'on peut en penser. C'est affreux!

—Avez-vous connu des fous, miss?

—Probablement, monsieur Roland, mais je n'ai, jamais rencontré des fous sanguinaires. Je ne sais pas quoi en penser.»

Miss Van Ilen préparait le lit, retournait les oreillers, pliait le couvre-pieds. Elle avait mis la table pour le lendemain matin. À la demande de Roland, elle avait éteint toutes les lumières sauf celle de la table de chevet. Elle quitta un patient très calme qui lui souhaita une bonne nuit en la remerciant de s'être dérangée. Décidément, il était poli.

Il avait surtout hâte que miss Van Ilen débarrasse le plancher. Elle était épuisante de bonne volonté pour qui n'avait pas besoin de ses services. Roland n'avait absolument pas besoin de ses services. Il devait la supporter toutefois car on devait le croire réellement infirme. Il s'étendit sur son lit, guettant les bruits de la maison qui lui annonceraient que toutes ses voisines dormaient, il avait la chance, au moins, d'habiter dans un immeuble où les locataires se couchaient tôt. La nuit, Roland se relevait et marchait. Marchait. Il repensait à Louise et la trouvait encore plus insolente quand il était debout. À force de jouer l'infirme, il y croyait presque.

Voilà plus de huit mois qu'il marchait et personne n'en savait rien. Ce n'est pas lui qui en parlerait! Et si jamais on le surprenait dans ses expéditions nocturnes (une fois par mois, ce n'était pas exagéré), on crierait au miracle, certains diraient : « C'est l'œuvre de la science, les psychiatres ont réussi à lui faire dépasser son traumatisme »; d'autres diraient: « C'est l'œuvre de Dieu. » On soulignerait que Roland n'avait pas des lectures très catholiques et que Dieu avait voulu sauver son âme probablement. « C'est fou le nombre de gens qui croient en Dieu », pensait Roland. Oui, si on apprenait que Roland marchait, on serait bien content. Sauf Roland. Quand sa femme était morte dans l'accident où lui s'était fracturé les deux jambes, non seulement il avait été débarrassé de Gisèle mais, en plus, il avait touché une formidable prime d'assurances. Et comme il n'avait pas vraiment envie de se remettre à travailler, qu'il considérait que se cultiver, lire Nietzsche, était beaucoup plus important dans la vie d'un homme que de se crever à un boulot stupide, Roland entendait être traumatisé encore longtemps. « La mort de sa femme l'a tué! Il n'est plus que l'ombre de lui-même ! » Le vrai roman-feuilleton humide. Qu'importe, tous y croyaient. Et tous croyaient à l'accident.

Évidemment puisque le seul témoin, c'était lui, Roland.

Le lendemain, Louise ne travaillait pas mais elle se leva quand même tôt. Elle alla acheter les journaux qui ne lui apprirent pas grand-chose de plus : on poursuivait l'enquête, on croyait à un crime de sadique, l'autopsie avait révélé que la jeune femme avait été mutilée sexuellement après avoir été étranglée. Un éminent psychiatre déclarait que les mutilations infligées à la victime indiquaient qu'on avait affaire à un psychopathe ; un individu probablement impuissant que sa carence avait exacerbé. Le cas n'était pas sans rappeler celui de l'étrangleur de Boston. Cela ne voulait pas dire pour autant qu'il allait répéter son geste ; le meurtre pouvait être un instant de délire dans sa vie. Un instant unique. On signalait aussi qu'il était possible que l'auteur du meurtre de Jeanne Lesboens ait récidivé, deux ans plus tard, les mutilations étant étrangement similaires.

On ne l'avouait pas franchement mais les paris étaient ouverts ; certaines personnes croyaient que les autorités policières étaient beaucoup plus fortes qu'on ne le pensait et que le meurtrier serait arrêté sous peu, certaines personnes étaient persuadées que l'assassin coulerait des jours heureux sans être inquiété et certaines étaient sans opinion.

Parce qu'elle était d'humeur joyeuse ce matin-là, Louise décida de porter le quotidien à son voisin. Auparavant elle déjeuna. Le déjeuner était pour la jeune femme un moment privilégié : on pouvait en profiter pleinement parce qu'il n'était rien arrivé de fâcheux, encore, dans la journée.

C'était aussi un grand moment d'intimité avec Mozart et Rose qui déjeunaient avec elle. Beaucoup de chats aiment les omelettes au jambon et au fromage. Ils grimpaient sur la table de la cuisine et mangeaient à ses côtés en ronronnant. Louise aurait adoré ronronner, cela semblait si agréable. Elle miaulait pour se faire comprendre de ses chats mais elle ne réussissait pas à ronronner. N'est pas chat qui veut. Elle se fit le plaisir de ne pas laver la vaisselle tout de suite. Elle s'alluma une cigarette — ce qui lui arrivait rarement —, la fuma en buvant son café instantané, elle chercha *psychopathe* dans le dictionnaire et l'explication lui parut bien succincte. Elle éteignit sa cigarette, mit le cendrier dans l'évier de la cuisine, troqua ses pantoufles contre des souliers et sortit.

Son voisin parut plus qu'heureux de la voir. Il n'avait pas déjeuné mais il n'avait pas faim et prendrait seulement un café, si elle voulait bien l'accompagner? «Pourquoi pas?» fit Louise.

«Alors quelles nouvelles?

—Rien. Ils savent pas. Qu'est-ce que ça veut dire *psychopathe*?»

Il haussa les sourcils:

«C'est écrit dans le journal?

—Ouais. Ça veut dire quoi?

—Pourquoi tu me demandes ça?

—J'sais pas, tu lis tellement, tu dois savoir ce que ça veut dire.

—C'est quelqu'un qui est atteint de troubles mentaux.

—Ah!»

Louise avait l'air déçu. Roland releva la tête, il avait parcouru l'article du quotidien.

«Je ne trouve pas ça lumineux comme explication. Je me demande même si l'entrevue avec le psychiatre n'est pas fictive.»

Louise était fort étonnée :

« Pourquoi ils l'auraient inventée ? »

Roland sourit.

« Ne m'écoute pas, je dis n'importe quoi. »

Il actionna sa chaise roulante et se dirigea vers la fenêtre. Le temps était gris. L'eau du fleuve était grise. Les oiseaux qui planaient au-dessus du port étaient gris. On avait l'impression que les heures du jour seraient grises.

« Est-ce qu'il fait froid dehors ?

— C'est comme ça a l'air. Juste à regarder, c'est comme si tu y étais.

— As-tu peur du fou, toi ?

— Pas le matin. Mais le soir, je n'aime pas ça. Je ne sortirai pas. Je vais rester ici, en sécurité. Il viendra pas me chercher dans ma chambre ! »

Roland souriait toujours :

« Oh non. Sûrement pas. » Et c'est en riant qu'il ajouta : « C'est bête que je ne puisse pas voler à ton secours s'il arrive quelque chose.

— Ah ! Il ne m'arrivera rien. Je vais rester ici. De toute façon, je ne sors pas souvent. Ça ne me privera pas. Je n'ai pas vraiment peur mais c'est inutile de courir des risques. »

Roland lisait le journal tout en écoutant Louise. Il éclata de rire quand il lut que l'assaillant était impuissant. Impuissant ! Qu'est-ce qu'ils ne vont pas inventer !

« Pourquoi tu ris ?

—Je pensais que si je marchais comme tout le monde, on pourrait me soupçonner comme n'importe quel gars de la ville de Québec. »

En disant cela, Roland scrutait le visage de Louise. Elle semblait interdite. Elle prit le parti d'en rire, comme si c'était drôle.

Mais ce n'était pas drôle du tout.

« Je pense que tu aimes les chats, Louise ?

—Oui, je les adore. Est-ce que tu les entends courir ? Ça te dérange ? interrogea la jeune femme, inquiète.

—Non, si je pouvais, j'en aurais aussi. J'ai toujours aimé les chats. »

Elle, enthousiaste :

« C'est vrai ? Tu en as déjà eu ?

—Oui, avant mon accident. Ma femme, Gisèle, adorait les chats aussi. Nous avions deux siamois. » Roland fit une pause puis ajouta : « Ils ont disparu dans l'accident. »

Il regardait Louise et se disait qu'il n'y

avait vraiment que les chats qui importaient pour elle. Depuis qu'il la connaissait, c'était la première fois qu'il la sentait intéressée par ce qu'il disait. Son visage eut une expression consternée quand elle apprit que les chats avaient disparu.

Madame Gauthier aussi avait pensé à apporter le journal à Roland. Elle frappa à sa porte puis entra. Son visage s'éclaira considérablement quand elle vit que Louise l'avait précédée. Habituellement madame Gauthier restait quelques minutes avec Roland, mais ce matin où il avait de la si belle visite, elle redescendit immédiatement chez elle. Elle était sincèrement ravie pour Roland et pour Louise, bien sûr. Roland était un bon parti et c'était dommage qu'il ne se remette pas de la mort de sa femme. Louise l'aiderait à s'en sortir, madame Gauthier en était persuadée.

Louise se demandait pourquoi madame Gauthier avait l'air si contente. Roland savait pourquoi madame Gauthier affichait cet air. Il n'avait pas l'impression toutefois que cette bonne dame avait des raisons valables de se réjouir. Louise n'avait pas l'air près de lui tomber dans les bras. La seule raison qu'il avait trouvée à cette froideur, cette résistance, c'est que Louise devait aimer les femmes. Il ne l'avait jamais vue en compagnie d'un homme, jamais elle ne parlait d'amis, les seules visites qu'elle recevait étaient celles de Bettina, de Johanne, de Marie et d'une petite blonde mignonne : Nadia. Oui, vraiment mignonne. Il les voyait par sa fenêtre quand elles venaient voir Louise. Louise, donc, aimait les femmes. Ce n'en était que plus intéressant. Plus piquant. Il l'imaginait bien caressant une femme. Il aimerait la voir caresser une femme, l'embrasser à pleine bouche, puis doucement promener ses mains sur le ventre, et entre les cuisses. Les écarter doucement, regarder un sexe et... Il y avait Louise, en face de lui, qui voulait bien qu'on parle encore de chats et lui, de l'autre côté de la table, qui était excité. Il pensait que sans cette table, entre eux, elle aurait vu le renflement dans son pantalon. Qu'est-ce qu'elle aurait dit ? Ça lui manquait à Roland ; c'était l'aspect le plus désagréable de son personnage de veuf inconsolable. Être fidèle à la mémoire de la chère disparue. Si les gens avaient su que Gisèle se refusait à lui.

Qu'elle trouvait cela sale, qu'elle le traitait d'obsédé parce qu'il avait un peu d'imagination, qu'elle l'obligeait par sa non-coopération à fréquenter d'autres femmes. Elle lui répétait tous les jours qu'elle ne comprenait pas qu'un homme intelligent comme lui s'abaisse ainsi. Qu'elle l'aimait encore mais que ça, vraiment, elle ne pouvait pas. C'était con la vie; quand il était marié ses désirs lui posaient des problèmes, et maintenant qu'il était veuf ça lui en posait autant. Et il y avait toujours Louise en face de lui qui se demandait pourquoi il ne parlait plus.

« Ça va? demanda-t-elle.

—Oui. Je me disais que les chats me manquaient beaucoup.

—Je te comprends. Si Mozart ou Rose mouraient, j'aurais tellement de peine. J'aime autant pas y penser. »

Elle regarda sa montre, fit comme si elle était étonnée par l'heure, expliqua qu'elle avait des tas de choses à faire et le quitta.

Quand elle eut refermé soigneusement la porte, Roland ouvrit le tiroir de sa commode, en sortit un vieux *Penthouse*. Il regarda ces fesses et ces seins qui s'étalaient, qui l'invitaient, et se caressa en les contemplant. Il jouit mais il avait un goût amer dans la bouche, dans la tête. Il en avait marre. Jouir sur du papier glacé l'insultait, était inadmissible pour lui qui était le spécialiste des étreintes chaudes, sensuelles, violentes. La chair, le sang. Il y avait un plaisir insoupçonné, incroyable à voir couler de jolis filets rouges sur la peau. Sur des seins, sur des jambes, des cuisses. Comme c'était admirable ! Dommage que Gisèle n'ait jamais voulu comprendre cela. Tout aurait été tellement plus simple. Beaucoup plus simple. Si Gisèle avait été plus compréhensive, eh bien il aurait pu faire l'amour avec elle plus souvent. Il la prenait seulement lorsqu'elle avait ses règles. Elle trouvait cela dégoûtant. Lui, non. Les femmes ne le comprenaient pas... Qu'est-ce que c'était que quelques petites entailles dans leur chair ? Presque rien, mon Dieu ! Mais elles refusaient. Criaient. Se débattaient. Qu'elles se débattent, à la rigueur, il pouvait l'admettre. Mais qu'elles hurlent ? Non, Roland détestait entendre crier. S'il avait dû étrangler Jeanne Lesboens, c'est qu'elle avait hurlé. C'était entièrement de sa faute si elle était morte. On est toujours responsable de sa mort.

Le surlendemain, on poursuivait l'enquête, disaient les journaux.

La semaine suivante également.

La semaine d'après, il n'était plus du tout question du meurtre dans les conversations des citoyens. Les élections prochaines les intéressaient davantage. Si les femmes pensaient toujours à l'assassin, plusieurs d'entre elles s'étaient persuadées que c'était l'œuvre d'un fou. La plupart, quand elles sortaient, avaient peur d'être violées, mais ça, ce n'était pas nouveau. Et même si on ne s'habituait pas à cette peur absurde, il fallait absurdement vivre avec elle.

Au mois d'octobre, un jeune homme emménagea dans l'immeuble où habitaient Louise et Roland. Il était laid, Dieu merci! pensait Roland. Louise n'avait pas d'opinion, jusqu'à ce qu'elle apprenne qu'il attendait un chat. C'était un chat d'une race particulièrement rare et il était en quarantaine chez le vétérinaire. Elle avait su la bonne nouvelle par madame Gauthier qui avait trouvé le jeune bien intentionné de la mettre au courant. Il voulait savoir avant de louer. Il était professeur de mathématiques, continuait madame Gauthier, il enseignait dans un collège privé. Il était charmant, vraiment charmant.

C'est vrai qu'il avait du charme. Un charme enfantin, un charme frais, qui faisait rire et qui étonnait. On ne comprenait même plus pourquoi il était laid. C'est probablement que ses traits ne s'entendaient pas. Sa bouche était trop petite, le nez trop grand, les yeux trop clairs, le teint trop terne. Une laideur étrange; et déconcertante. Ses étudiants avaient en vain cherché un surnom: on ne pouvait pas trouver ce qui clochait dans ce visage. Heureusement, le professeur avait de belles dents. On eût dit que, conscient de cet unique élément de beauté, il tentait à tout prix de le mettre en valeur; le jeune homme souriait toujours. Un beau sourire très franc, très sincère, très sain. Pas le même genre de sourire que celui de Roland. Non, un sourire de jeune-homme-bien.

Il souriait évidemment quand il prit possession de l'appartement.

Une semaine seulement après son arrivée, Victor avait déjà soupé deux fois avec Roland. Une fois chez lui. Ils avaient eu quelques difficultés pour monter jusqu'au quatrième, mais avec l'aide de Louise ils y étaient parvenus. La jeune femme avait mangé avec eux. Ça agaçait un peu Roland qu'elle accepte si facilement ses invitations alors qu'elle avait refusé les siennes à plusieurs reprises. Il croyait pourtant que Louise n'était pas plus attirée par Victor que par lui. D'abord il était laid, ensuite elle n'aimait pas les hommes, il en était maintenant persuadé. Elle mangeait avec les deux voisins comme elle aurait mangé seule.

C'est le chat importé qui l'intéressait.

Ils avaient mangé de nouveau ensemble chez Roland, trois jours plus tard. Roland avait composé un menu gargantuesque pour les épater. C'est miss Van Ilen qui avait fait les courses; elle n'arrêtait pas de rire en lui disant: «Vous en faites beaucoup trop, monsieur Roland!» Mais elle avait tout acheté de bonne grâce, voyant enfin son patient manifester un intérêt pour autre chose que ses poissons ou Nietzsche. Il avait refusé son aide pour préparer le repas; il avait décidé de faire des avocats farcis au roquefort, des langoustines à la grecque, car il était persuadé que ni Louise, ni Victor ne connaissaient cela, une sole Véronique et poireaux printaniers et enfin des baklavas, ces petits gâteaux sucrés au miel. Quand les invités arrivèrent, il y avait un délicieux arôme de beurre fondu et de vin. Arôme riche en promesses.

Louise avait apporté une bouteille de vin et Victor du champagne: «Pour fêter notre nouvelle amitié!» Roland trouvait qu'il y allait un peu fort en parlant d'amitié, mais il ne dit rien. Ils prirent des cocktails; même Louise apprécia, et se mirent à bavarder. L'avantage avec Vic — il leur avait demandé de l'appeler Vic — c'est qu'il parlait beaucoup. Louise et Roland qui n'avaient pas cette faculté trouvaient cela pratique. Et parfois même intéressant. C'était la curiosité et non pas un besoin de chaleur humaine qui avait poussé Roland à inviter Victor. Ils parlèrent du meurtre. Il n'en était plus question dans les journaux mais Louise y pensait quand même. Elle ne comprenait pas qu'on puisse tuer sans raison. Quel genre de personne pouvait tuer sans motif? Vic et Roland lui expliquèrent qu'il y a un seuil de violence dans chaque être humain. Le meurtrier l'avait dépassé vraisemblablement. Louise se demandait quelle allure l'assassin pouvait avoir. Une allure normale. «C'est peut-être Vic», suggéra Roland. Vic rigolait. Manifestement cette idée lui semblait ridicule.

Ils mangèrent avec appétit. Tout était parfait. Vic trouvait cela formidable tout ce que Roland avait fait. Roland dit qu'avec la cuisine adaptée pour lui, c'était très facile. Quand même, Vic trouvait cela formidable. Il les trouvait formidables tous les deux. Et on allait être copains. D'ailleurs, il était copain avec ses étudiants. Il était copain avec tout le monde, sembla-t-il à Roland. C'était une drôle de manie.

Ils burent le champagne. Louise avait l'air un peu ivre et Roland trouvait qu'elle avait l'air moins froide ainsi. Vic regarda la bibliothèque avec intérêt: est-ce qu'il pourrait emprunter des livres à Roland? «Bien sûr.»

Ils se quittèrent, tous satisfaits de la soirée.

Vic avait de nouveaux amis, Roland avait épaté la jeune fille avec sa cuisine, il en était certain, et elle, Louise, se disait que le chat de Victor, s'il était aussi beau qu'il le disait, pourrait s'accoupler avec Minette. Elle voyait déjà les chatons se promener dans sa chambre. Vic l'énervait un peu. Quant à Roland, elle s'y habituait.

Roland, qui ne marchait que le soir quand toute la maison était endormie, profita du fait que Louise et Vic étaient un peu éméchés, qu'ils dormiraient donc d'un sommeil lourd, pour sortir. Il ouvrit sa fenêtre, gagna l'escalier de secours et se retrouva bientôt dans la rue. Il était temps.

Vic se passionnait pour les histoires policières; il pensait que c'était l'aspect logique, mathématique d'une intrigue qui l'attirait. Le meurtre de l'automne l'avait donc vivement intéressé. Il rêvait secrètement d'arrêter le criminel. Enfin, on reconnaîtrait son intelligence! Les étudiants cesseraient de se moquer de lui. Ici toutefois, dans l'immeuble, il se sentait apprécié, sinon pourquoi Roland se serait-il donné tant de mal pour les recevoir? Roland était vraiment un gars fantastique; pas une plainte, toujours souriant, cordial, hospitalier, cultivé, aimable, bref, Vic s'efforcerait d'être à la hauteur de leur amitié. C'était vraiment regrettable qu'ils ne puissent pas pratiquer de sport ensemble! Vic l'aurait étonné: il excellait au tennis, était vraiment bon nageur, adorait patiner, se défendait bien au ping-pong. Vic n'avait jamais voulu paraître trop intellectuel, c'est pourquoi il s'était soumis à une discipline sportive. Au collège il ne le regrettait pas: quand il y avait des parties professeurs-élèves de volley-ball, de hand-ball ou de basket-ball, il sentait bien que ces adolescents qu'il ne parvenait pas à intéresser durant les cours avaient de l'admiration pour lui. Quand il aurait fini d'aménager son appartement, il inviterait quelques étudiants à venir le visiter. Cela favoriserait la communication. Morphée l'interrompit dans ces pensées rassurantes.

La nuit était noire comme l'encre des pieuvres. L'air sec, froid surprenait désagréablement Roland. Les rues étaient désertes. Mais on avait l'impression qu'il y avait des ombres. Le silence les accompagnait.

Un grand cri vint déranger cet ordre de la nuit.

Roland avait suivi Nadia lorsqu'elle avait quitté le bar. C'était une chance qu'il se soit souvenu du bar qu'elle fréquentait : L'Épiderme. Elle lui avait assez cassé les oreilles le jour où il l'avait rencontrée alors qu'elle accompagnait Louise. Elle aimait danser ? Eh bien, elle danserait ! Et ce qui ne gâchait rien, c'est qu'elle était blonde. Une peau souvent fragile que celle des blondes.

Il marcha derrière la jeune femme pendant quelques instants puis il la devança et s'arrêta net devant elle lorsqu'elle se trouva à la hauteur d'une entrée de cour, sombre et heureusement déserte. Il était une heure du matin. Il l'aborda en lui demandant si elle avait du feu. Il lisait une interrogation craintive sur son visage. Il lui sourit longuement. Elle le regardait comme si elle ne le reconnaissait pas.

« Alors, tu ne te souviens pas de moi, Nadia ?

— Vous, vous devez vous tromper, balbutiat-elle.

—Je ne me trompe jamais. Roland ne se trompe jamais.

—Ah Roland ! » Le visage de Nadia s'éclaircit : « Mais tu es guéri ? Tu marches ? J'en reviens pas !

—Oui, c'est très agréable. Je suis bien sûr que tu vas comprendre que j'ai envie de toi après tous ces mois de chasteté... »

Il la prit par les poignets en disant ces mots. Elle tenta de l'éviter mais il était plus rapide qu'elle.

« Lâche-moi ! Lâche-moi ! Je suis trop fatiguée ce soir.

—Ce n'est pas grave, j'ai de l'énergie pour deux ! »

Il éclata de rire. Il la fixa droit dans les yeux et put y lire qu'elle avait enfin saisi qu'il s'agissait d'un viol. Elle allait crier lorsqu'il la frappa à la tempe. Elle s'écroula. Il l'entraîna dans la cour et se jeta sur elle. Il lacéra les vêtements pour la dévêtir, empoigna brutalement ses seins et assouvit en elle un désir dément. Il ne résista pas à l'envie de lui taillader le visage et la poitrine. Il regrettait seulement de devoir faire vite. Ce n'était pas aussi bien que ce qu'il faisait habituellement.

Quand Louise arriva au restaurant le lendemain, elle remarqua que Johanne avait l'air particulièrement surexcitée. Elle attendait Louise en tenant un journal ouvert devant elle. Elle était pâle :

« Louise ! Louise ! » Johanne criait : « Il a tué Nadia ! »

Louise frémit :

« Nadia ? Où ?

—Juste à côté de la tabagie ! À une rue d'ici. Je pense que je vais mourir ! Nadia ! Nadia ! C'est pas vrai ! »

Johanne se mit à pleurer en tremblant. Louise ne dit rien. Il n'y avait rien à dire. Elle se sentait engourdie.

Elle prit le journal et lut.

« Tard dans la nuit, les policiers de la Sûreté du Québec ont découvert le corps d'une jeune femme de la région. Il s'agit de mademoiselle Nadia Trenneau, 23 ans, de la rue Jean, à Limoilou. La victime a été sauvagement assaillie; le meurtrier l'aurait mutilée après l'avoir violée. Le vol ne semble pas le motif de l'agression. Les enquêteurs songent évidem-

ment au meurtre de Pierrette Beaulieu-Paré. S'agit-il du même assassin? Un fou criminel dans la ville»

S'agit-il du même assassin?

Louise se dit que la journée serait pénible. Mais elle n'avait pas spécialement envie qu'elle se termine, n'éprouvant aucun désir de rentrer chez elle seule, dans les rues.

Nadia. Nadia. Ça ne lui rentrait pas dans la tête, cette mort sans raison.

«Louise Desbiens. On te demande au téléphone», fit monsieur Tchou en lui tendant l'écouteur.

Louise s'étonnait. Qui pouvait bien l'appeler au restaurant et si tôt?

«Oui allô?... Ah! Bonjour. Oui. D'accord. C'est ça, bonne journée.»

Et elle raccrocha sous le regard inquisiteur de Johanne.

«C'était qui?»

Johanne ne pouvait pas retenir sa curiosité.

«Mon voisin.

—Roland?

—Non, le nouveau, Vic. Il voulait

m'inviter à souper. J'savais pas quoi dire, j'ai dit oui. J'aime pas ça recevoir des téléphones ici, j'ai pas le temps de réfléchir. »

Johanne regardait Louise, abasourdie : « Ça n'a pas l'air de te faire plaisir ?

— Non. Si j'ai dit oui, c'est juste parce que je ne veux pas rentrer seule ce soir. Après ce qui s'est passé cette nuit, je n'aime pas tellement ça. Les jours sont finis à quatre heures de l'après-midi. Quand je sors d'ici, les lampadaires ne sont pas encore allumés mais je ne comprends pas pourquoi : il fait assez noir pour ça. J'en reviens pas que le maniaque coure dans les rues ! Il tue pour rien. Il attaque pour rien ! Te rends-tu compte ? Pour rien. »

Johanne lui fit un clin d'œil : « Mais ce soir, tu vas être raccompagnée ! » On comprenait bien que Johanne était toujours raccompagnée.

L'opinion publique était émue. Affolée. Québec paniquait. Terrifiées, les femmes juraient qu'elles ne sortiraient plus jamais et que ce n'était pas tolérable comme situation. On avait l'impression de retourner à Whitechapel, en 1888, quand Jack l'Éventreur écumait les rues sordides de la ville. Une impression d'horreur inconnue empoisonnait l'air. La Sûreté du Québec vit s'accumuler les lettres anonymes. Plusieurs fous revendiquèrent les attentats. C'était malheureusement le mois de novembre, et ce mois était toujours pénible dans les quartiers : dépressions, suicides. Maintenant, meurtres.

Quand Vic arriva, à cinq heures précises, Louise bavardait avec Johanne qui attendait sa dernière conquête. Elle voulait également voir le nouveau voisin de Louise. Se rendre compte par elle-même; Louise parlait si peu, elle n'avait même pas l'air de s'intéresser aux hommes! Johanne aimait bien Louise et elle souhaitait la voir heureuse. Johanne en fut pour ses frais: Vic était laid à faire peur. Elle n'aurait pas voulu le rencontrer le soir, elle l'aurait pris pour le maniaque! C'était un peu exagéré, mais vraiment le pauvre homme n'avait pas été gâté par la nature. Louise — elle était vraiment incroyable— ne semblait pas s'en apercevoir. Elle salua monsieur Tchou, souhaita une bonne soirée à Johanne et partit en compagnie de Vic qui n'avait pas cessé de sourire depuis qu'il était arrivé. Louise qui n'avait pas l'esprit d'observation avait remarqué cela, pourtant.

«Ça va? Pas trop fatiguée? s'informa Victor.

—Non. Si je n'avais pas entendu parler de l'attentat toute la journée, j'irais encore mieux. Je trouve ça décourageant. Où est-ce qu'on va?

—Où tu veux.

—C'est comme tu veux, moi n'importe où. »

C'était vrai: Louise n'accordait qu'une importance minime à l'espace qu'elle occupait. Ici ou ailleurs, c'était partout pareil.

Vic lui suggéra d'aller au Café de Paris, si ça lui tentait, mais on pouvait aller ailleurs si elle préférait. «Non, c'est parfait. » Ils se dirigèrent donc vers le restaurant. Vic lui dit qu'il était venu la chercher parce qu'après le souper il y aurait une surprise pour elle.

Elle voulut savoir de quoi il s'agissait. Il lui dit que non, ce ne serait plus une surprise. Mais il lui dit pourtant:

«Je suis allé chercher Balthazar cet après-midi. Il se repose et fait connaissance avec la maison, et quand nous reviendrons, tu le verras. »

Louise était folle de joie. Et Victor aussi par la même occasion. Ils s'amusèrent à imaginer quelle allure auraient les enfants de Minette et Balthazar, et comme ils seraient grands-parents, on demanderait à Roland d'être le parrain. Ce n'était pas vraiment humoristique mais ils avaient besoin de se détendre, Louise d'oublier ses frayeurs justifiées. Ils parlèrent de tout et de rien. Et de Roland.

« J'ai pensé à installer des planches dans les escaliers, on n'aurait qu'à glisser la chaise roulante et Roland sortirait plus souvent de son appartement. »

Louise était plus ou moins d'accord; elle n'avait pas envie de recevoir la visite de Roland tellement souvent. Mais elle dit que c'était une bonne idée.

« Moi, je trouve que c'est un gars formidable!

— Moi, je le trouve un peu bizarre. Tu vas penser que je suis folle mais je n'aime pas comment il me regarde, avoua Louise.

— Vraiment? C'est parce qu'il reste perpétuellement enfermé. N'importe qui dans la même situation doit regarder les gens intensément. Nous sommes son pont avec le monde extérieur. »

Louise n'avait jamais songé à cela. Elle pensait à rentrer pour voir le chartreux.

Balthazar était aussi beau que Louise l'avait imaginé. Elle n'avait jamais vu un chat élégant à ce point. Le corps fin, élancé rappelait les figurines de l'art égyptien. Son poil doux moirait comme du velours de soie, mais ce qu'il y avait d'étonnant, de fabuleux et de magique, c'est que ce poil était bleu. Bleu. Pas gris, bleu. Et Vic qui ne lui en avait même pas parlé. Louise était bouleversée. Elle regardait le chat comme s'il s'agissait d'une apparition. Pour une fois Vic ne savait pas quoi dire; il n'avait pas cru que l'arrivée de Balthazar allait tant émouvoir la jeune femme.

« Comment tu l'as eu? demanda-t-elle.

—C'est un héritage: une vieille tante, en Europe, qui savait que j'aimais les chats me l'a légué. Comme c'était un cadeau admirable, un bijou comme elle disait, elle me l'a transmis en héritage à recevoir de son vivant. »

L'animal fixait Louise. Il se sentait tout à fait compris. Elle avait le même regard que lui sur les choses. Elle les filtrait. Ils allaient bien s'entendre.

Louise partit une heure plus tard. Elle n'avait pratiquement rien dit. Elle apprenait à ronronner.

Le lendemain, Victor n'avait pas de cours. Il se proposait d'aller acheter les planches et de les installer dans l'escalier. Il fallait auparavant qu'il en parle à madame Gauthier; il savait qu'elle donnerait son accord, mais ça lui ferait plaisir de croire que son opinion était importante. Il se demandait s'il devait en discuter avec Roland: il voulait lui faire une surprise mais ne voulait pas lui donner l'impression qu'il s'immisçait dans sa vie. Peut-être Roland cachait-il des souffrances que Vic ignorait et se retirait-il du monde par choix. Vic se disait que si Roland voulait sortir de chez lui pour voir des gens, aller au cinéma, au théâtre, il pouvait le faire. Pourquoi s'isolait-il? Était-il gêné à ce point de son handicap? Craignait-il les moqueries, les regards apitoyés? Comme cela devait être dur à supporter! Vic se disait que si Roland acceptait de sortir avec Louise et lui, il saurait bien remettre à sa place quiconque aurait un regard déplacé, désagréable. C'est vrai à la fin! Les gens ne se rendent pas compte. Lui, Victor, savait très bien ce que c'était que de se faire dévisager. Il se dit que tout compte fait il était préférable qu'il parle de son idée à Roland. Il sortit pour aller acheter des croissants qu'il partagerait avec Roland pour déjeuner.

Le temps s'était radouci. Vic regarda le ciel avec l'espoir qu'il neige. Un ciel bas, si bas qu'il y aurait sûrement des enfants pour s'imaginer que leurs maisons, hautes de quatre étages, toucheraient la voûte céleste. Un ciel gris-blanc. Il semblait à Vic qu'autrefois les ciels chargés de flocons étaient vraiment plus blancs. Est-ce que la pollution corrompait tout?... La lumière particulièrement claire du jour le ravissait et le calmait tout à la fois. Une lumière douce, opaque enveloppait les êtres et les choses, les rues et les arbres. Cette aura donnait à Victor une impression d'indicible sérénité. Il se sentait bon, très bon. Parce qu'il était heureux de se sentir si bon, Victor acheta six croissants au lieu de quatre, trois sortes de fromage, du chocolat au lait (ce qu'il se refusait toujours parce qu'il avait peur d'avoir le teint brouillé) et du miel de fleur d'oranger.

Il acheta également le journal pour Roland.

Roland avait maintenant trois journaux. Madame Gauthier avait apporté le premier, Louise le deuxième et Victor était arrivé avec le troisième. Il en avait bien ri. Évidemment.

Quand ils eurent mangé leur premier croissant, Roland demanda:

« C'était amusant hier, votre petite soirée?

—Eh... oui.

—Qu'est-ce que vous avez fait? Mais je ne veux pas être indiscret. »

Roland regardait Victor avec un sourire peu convaincant. Lui aussi avait de belles dents.

« Je l'ai invitée à souper au restaurant. »

Victor était mal à l'aise, il n'avait pas de raison de se sentir coupable face à Roland mais c'est ce qu'il ressentait malgré tout. Il rit doucement, et sans regarder Roland ajouta:

« C'était surtout pour lui montrer Balthazar. Elle aime beaucoup les chats.

—Vraiment?

—Oui. Je trouve même qu'elle les aime démesurément.

—Vous vous entendez bien ensemble tous les deux? dit Roland avec un sourire bon enfant qui ne lui allait pas du tout.

—Oui, Oui. Assez bien. » Il affermit sa voix et reprit: « On regrettait vraiment que tu ne sois pas là. C'est vrai!

—Je n'en doute pas. »

Victor se sentait tout à fait ridicule et il n'aurait pas su dire pourquoi: était-ce parce qu'il avait imaginé un petit déjeuner sympathique et que ce déjeuner était plutôt embarrassant? Était-ce parce qu'il trouvait que Roland était agressif avec lui? Lui qui avait de si bonnes intentions. Était-ce parce qu'on parlait de Louise? Victor se sentait mal à l'aise.

Roland poursuivit sur un ton faussement badin :

« Elle est bien jolie, Louise, tu ne trouves pas?

—Oui. Elle m'a parlé de toi. Longuement.

—Ah bon. »

Roland mourait d'envie de savoir ce que Louise avait dit mais il voulait faire mariner Victor.

Victor affirmait que Louise le trouvait très bien, très sympathique et qu'elle était très enthousiaste quand il lui avait parlé de son projet. Victor se tut; Roland allait lui demander des précisions et Victor lui dirait, il verrait bien qu'on ne voulait pas l'exclure, qu'on l'aimait bien. Roland attendit quelques instants, comme s'il avait écouté distraitement, puis il interrogea Vic:

« Quel projet?

— Figure-toi donc, Roland, que j'ai eu une idée, une idée qui va te plaire: on va installer des planches dans l'escalier; de cette façon, on va pouvoir faire rouler ton fauteuil facilement et tu vas pouvoir circuler. Même pour aller à l'extérieur ça va être beaucoup plus simple. C'est une bonne idée? Tu trouves pas? On va pouvoir aller voir des spectacles tous les trois. Ça va être plaisant. »

Roland ne répondit pas immédiatement; l'idée le surprenait. Il ne savait pas s'il devait continuer à jouer l'ermite inconsolable ou profiter de la proposition de Victor.

« D'accord, Victor. C'est une bonne idée. Mais tu te donnes beaucoup de mal pour moi. Je ne pense pas sortir de l'immeuble.

Inutile de sortir le tapis rouge dans l'entrée, ajouta-t-il en faisant un clin d'œil.

—Mais pourquoi? Pourquoi pas? Il faudr...»

Roland lui coupa la parole et c'est presque sèchement qu'il lui dit: «J'ai mes raisons.» Il se radoucit et mit sa main sur celle de Vic comme pour se faire pardonner son éclat.

Roland changea de sujet:

«As-tu lu le journal avant de venir me voir?

—Non, est-ce qu'il y a du nouveau?»

Il s'étonna d'avoir oublié l'intérêt qu'il portait au crime.

«Il y a du nouveau: un témoin... Tiens, lis toi-même.»

Victor prit le journal.

«*Selon mademoiselle Lavoie, l'homme mesure environ cinq pieds sept, il n'est pas gras, il a les cheveux châtains, il ne porte ni barbe ni moustache. Au moment de l'agression, il était vêtu d'un veston de cuir noir. Il semble âgé d'une trentaine d'années. Toutes informations relatives à l'individu...*»

Roland guettait le visage de Victor :

« C'est plutôt vague. Ça peut être la description de dix mille gars de la ville de Québec. Ça pourrait être toi, ça pourrait être moi, enfin, si j'allais dehors. » Il reprit : « Qu'est-ce que tu faisais le soir de l'attentat à trois heures du matin ? »

Victor rigolait :

« Je dormais ; c'est le soir qu'on a mangé ici, j'aurais été incapable de me relever à trois heures du matin pour aller assaillir une pauvre fille. » Et comme s'il entrait dans le jeu, il demanda sur un ton inquisiteur : « Et vous, Roland Broudel, où étiez-vous ce mercredi, 10 novembre à cette heure indue ? »

Roland éclata de rire :

« J'étais allé me promener dehors, j'avais besoin de prendre l'air. »

Vic considéra Roland gravement :

« Tu plaisantes mais ça doit te manquer terriblement l'air pur.

—Bah… Pas tant que ça. L'air n'est plus aussi pur qu'il était.

—Je suis sérieux, Roland.

—Moi aussi. Veux-tu un autre café ?

—Non, merci. Si tu es d'accord, je vais

aller acheter les planches cet après-midi. Je n'ai pas affaire au collège aujourd'hui. »

On frappa à la porte. C'était miss Van Ilen qui venait voir Roland. Ce dernier lui présenta Victor. Elle était bien heureuse, disait-elle, de faire la connaissance des amis de Roland. Victor sourit, prit son manteau et salua Roland en lui disant au revoir.

Victor ne trouva pas immédiatement ce qu'il cherchait, ce n'est qu'à la fin de l'après-midi qu'il fut satisfait des planches qu'on lui présentait. Il expliquait à chaque marchand quel en serait l'usage. Il fit livrer les planches.

Sur le chemin du retour, il songea à Louise qui finissait de travailler bientôt et se dit qu'il devrait passer au restaurant pour lui proposer de la raccompagner. Il hésitait à cause de Roland. Il n'en était pas certain mais il lui avait semblé que son voisin était un peu jaloux. C'était ridicule. Victor se dit que c'était plus prudent d'aller chercher Louise, par les temps qui couraient, que d'éviter de froisser Roland, qui s'inquiétait pour rien, vraiment.

Victor s'était posé un problème de

conscience inutilement, Louise était déjà partie quand il arriva au restaurant. Johanne expliqua à Victor que Louise remplaçait Suzy, mais jusqu'à trois heures seulement. Il lui expliqua qu'il était venu la chercher à cause du peu de sûreté des rues. Johanne trouvait qu'il avait bien raison. Ralph venait tous les soirs pour elle.

Victor était vaguement déçu.

Il soupa seul. Roland aussi.

À huit heures et demie, sous prétexte d'emprunter un œuf, Victor frappa chez Louise. Il n'obtint pas de réponse. C'était curieux. Il frappa chez Roland, pensant qu'elle devait être chez lui; il trouva un œuf mais la jeune femme semblait s'être volatilisée. Il n'en dit rien à Roland.

Il fut attentif aux bruits de la porte d'entrée, et cela jusqu'à minuit, mais il n'entendit pas Louise entrer. Il se trouvait idiot de s'inquiéter pour elle qui devait être en bonne compagnie puisqu'elle ne rentrait pas coucher, et après tout ça ne le concernait pas, pourtant, bon Dieu de merde! il se disait qu'il y avait une chance sur dix mille, mais quand même une chance qu'elle ait été la nouvelle victime du fou meurtrier. Il se répétait qu'il avait l'imagination fertile mais il n'en était pas moins anxieux. Il avait entendu le téléphone sonner chez elle plusieurs fois dans la soirée. Cela prouvait bien qu'elle n'était pas chez elle. Où était-elle?

Elle était chez elle. Tranquille. Ce soir-là, elle avait décidé qu'elle ne verrait personne, qu'elle n'entendrait personne. Elle en avait marre des sourires étranges de Roland et des sourires sains de Victor. Et ce n'était pas les événements sanglants des dernières semaines qui allaient lui faire apprécier les hommes. Elle ne pouvait plus rien faire à cause d'eux. Sa chère promenade du soir était annulée pour un temps indéfini. Elle se sentait cloîtrée. Dans sa propre maison, elle devait jouer l'absente pour avoir la paix. Tout ce qu'il y avait d'intéressant dans l'immeuble, c'était sans hésitation les chats. Il fallait reconnaître que Balthazar était splendide. Voilà l'unique raison qui poussait Louise à être aimable avec Victor. Le chat la fascinait. Elle ne comprenait pas comment on pouvait aimer les être humains, hommes ou femmes, quand on avait vu un chat.

L'humain était si lourd, si maladroit, si peu subtil, si corrompu, si peu intéressant. Les êtres humains racontaient toujours les mêmes histoires, les êtres humains vivaient toujours les mêmes choses. Johanne vivait un scénario à répétition, Roland également et Victor, ce pauvre Victor, faisait des efforts cousus de fil blanc.

Louise s'efforçait de se détacher de leur monde. Louise n'aimait que les chats.

Quand Vic entendit Louise dévaler l'escalier le lendemain matin, il fut à la fois rassuré et satisfait.

Quand miss Van Ilen quitta son appartement vers onze heures et demie, elle ne se doutait pas qu'elle ferait une rencontre désagréable. C'est bouleversée qu'elle arriva chez Roland, un quart d'heure plus tard. Miss Van Ilen n'était pas effrayée, elle était indignée. Son visage était plus rouge qu'à l'ordinaire, le souffle était court, un frémissement de tout son être indiquait sa colère.

« Qu'est-ce qui vous arrive, miss ? demanda Roland heureux mais surpris de voir miss Van Ilen dans cet état.

—J'ai rencontré la femme, la créature qui

habite dans la maison à côté de la vôtre, l'immeuble qui se trouve de biais à votre appartement, qui donne à l'arrière sur la même cour que vous. Monsieur Roland, vous devez l'avoir déjà vue ? »

Roland s'amusait :

« À quoi ressemble-t-elle, miss ?

— Elle a les cheveux blonds, trop blonds. Elle est habillée comme si c'était l'Halloween ! Je traversais la cour quand elle a ouvert la porte de son balcon pour me dire que je n'avais pas le droit de passer dans sa cour. Sa cour ! Je lui ai dit que ça faisait deux ans que je faisais le trajet, souvent quatre fois par jour, et que je n'avais jamais dérangé personne et que de toute façon la cour appartenait à tout le monde. "Autant à mon patient qu'à vous, madame !" Elle m'a dit que non. Qu'elle en avait marre du va-et-vient sous ses fenêtres, qu'elle avait enduré cela trop longtemps et que c'était fini Je lui ai dit que je passerais par où bon me semblerait. "Vieille conne débile, maudite folle, la prochaine fois que tu passes par ici, je l'assomme !" Je n'ai pas répondu. On ne parle pas à ces gens-là. Je pense sincèrement qu'elle est malade.

—Vous croyez?

—Oui. Je pense aussi qu'elle avait bu. Enfin, je trouve tout ça inadmissible et je passerai autant de fois qu'il me plaira par la cour!»

C'est vrai que Valérie Langlois avait bu. Cette année-là, le mois de novembre avait été si froid, si bête, si dur à vivre. Valérie Langlois avait toujours eu beaucoup de difficultés avec le mois de novembre; c'était vraiment le mois des morts. Tout était inanimé: les arbres gris anthracite lui semblaient menaçants, la pelouse de la cour avait disparu sous une couche de neige froide et le frimas dans les vitres était vraiment ce qu'il y avait de plus déprimant dans la vie. Valérie Langlois buvait donc un peu de vin rouge tous les matins, histoire de se remonter le moral. Et, c'est regrettable, la vue de miss Van Ilen l'écœurait. Elle avait l'air tellement en forme, tellement sûre d'elle que c'en était révoltant. L'assurance des gens choquait profondément Valérie Langlois. Ce n'était pas de l'envie mais un sentiment qu'ils mentaient. Les choses ne sont pas aussi simples que ça et rien n'est sûr, alors pourquoi faire comme si tout était parfait? Valérie savait la fragilité des êtres et refusait leurs certitudes comme s'il s'agissait là de cadeaux empoisonnés. C'est pourquoi miss Van Ilen l'exaspérait. D'ailleurs, tous les habitants de la maison voisine lui tapaient sur les nerfs. Louise qui parlait à ses chats comme à des êtres humains, qui les laissait se promener dans la cour. Sa cour. L'infirme qui souriait pour rien, car il n'y avait pas de quoi sourire, et le nouveau qui faisait beaucoup de bruit. Elle l'avait croisé à l'épicerie pas plus tard qu'hier et elle l'avait trouvé prodigieusement crétin.

Son emportement contre miss Van Ilen l'avait fatiguée; les gens ne savaient pas à quel point elle était fatiguée. Même son mari ne le remarquait pas. Il semblait croire qu'elle exagérait. Elle avait envie de le frapper quand il la regardait avec un sourire idiot, l'air de dire qu'elle s'imaginait des maladies. Pourtant, il aurait dû s'inquiéter et lui donner des médicaments: il n'était pas représentant pharmaceutique pour rien. À quoi ça servait qu'il parte trois ou quatre jours par semaine, qu'il la laisse seule dans l'appartement au risque de la retrouver morte assassinée, s'il n'était même pas capable de lui donner quelques malheureuses petites pilules? Si elle buvait, c'est qu'elle y était obligée, pour se détendre. Le médecin lui avait bien dit que c'était les nerfs. Elle avait toujours été nerveuse. Quand elle s'était mariée, neuf ans plus tôt, elle était déjà nerveuse. Elle pensait qu'elle était ainsi parce qu'elle vivait seule, alors elle s'était mariée. Avec Fernand. Aujourd'hui elle savait qu'elle était nerveuse parce qu'elle était mariée à Fernand. Encore une chance qu'il travaille à l'extérieur de la ville. Regarder sa grande face innocente tous les matins serait trop pour elle! Encore heureux qu'ils n'aient pas eu d'enfants! Comme elle disait à madame Boutet qui, elle, en avait trois: «Les hommes veulent des enfants mais ils ne veulent pas s'en occuper!» Madame Boutet le savait bien.

Valérie Langlois termina son petit verre de vin et alla s'allonger. Avant de s'endormir, sa dernière pensée fut pour sa cour: «En tout cas, il n'y a plus personne qui va passer par là. Même pas les chats!»

Miss Van Ilen commentait les nouvelles du jour à Roland. Elle parlait beaucoup de politique à tort et à travers, lisait attentivement la section nécrologique et cherchait des indications qui auraient pu se rapporter au dernier attentat. « Pensez-vous qu'ils vont arrêter le criminel, monsieur Roland ? » Roland lui répondait tous les jours qu'il n'en savait rien. Il lisait toujours les journaux en suivant, lui aussi, la progression des événements. Qui ne progressaient pas beaucoup, il faut l'avouer. Et c'était une chance ! Roland ne s'était jamais vraiment inquiété mais quand l'opinion publique s'était émue, enflammée à la suite du deuxième attentat, il avait senti qu'il devait faire davantage attention dans les semaines suivantes. Et cela l'ennuyait considérablement...

Roland avait déjà songé à payer une femme pour qu'elle se laisse battre, mais il y avait un inconvénient : il était ridicule de payer pour quelque chose qu'on pouvait avoir gratuitement. Le seul avantage avec une victime consentante, c'était qu'on pouvait la bâillonner avant de la frapper. Elle ne criait donc pas. Mais une morte ne crie pas non plus. C'est plus risqué mais tout aussi concluant. Marie Lessard, Jeanne Lesboens, Nadia ne criaient pas, une fois étranglées.

Roland aurait aimé que les journaux donnent plus de détails concernant le meurtre de Pierrette Beaulieu-Paré. Il aurait été instructif de savoir comment un autre s'y prenait pour mutiler.

Louise lisait également les journaux et jurait contre l'incapacité des forces policières.

Victor avait hâte d'aller voter. Sans doute le meurtrier serait-il parmi les votants. Il espérait que le criminel se trahirait par une attitude suspecte; Vic était persuadé qu'on parlerait du meurtre au bureau de scrutin. Un comportement équivoque indiquerait une conscience troublée. Vic croyait que l'assassin devait avoir l'air d'un homme normal, qu'on serait très étonné quand on saurait de qui il s'agissait. Il avait lu les grands procès criminels et, vraiment, les maniaques étaient aussi sains d'esprit que lui-même. Vic, malgré ses vingt-six ans, était un garçon très naïf qui croyait encore aux gendarmes et aux voleurs, aux héros et même aux super-héros Enfin, souvent.

Louise avait reçu en même temps que Victor et Roland la carte lui indiquant son bureau de vote. Elle la déchira. Elle ne voyait pas pourquoi elle irait voter. Changer de maire ne modifierait pas sa vie, pourquoi se déranger pour faire une croix ? Heureusement, il n'y avait pas que cette carte insignifiante dans sa boîte à lettres : un avis du bureau de poste, numéro 141, disait qu'un paquet l'attendait. Louise mit immédiatement son manteau et se rendit à ce bureau. Elle en revint, serrant contre elle le paquet d'environ neuf pouces par six. Enfin ! Ils étaient enfin arrivés ! Ses dés à coudre ! Si beaux, si petits, si fins. Louise collectionnait les dés à coudre depuis quelques années. Elle surveillait avec attention les annonces dans les journaux, dans les magazines, espérant toujours découvrir la perle rare. Elle avait une jolie collection : vingt-trois dés de tous les coins du monde. Des dés en porcelaine, en argent, en cuivre, en ivoire, en bois et même un en or. C'est le cadeau qu'elle avait reçu à son anniversaire, il y a trois ans, de sa mère. Cette fois-ci, elle avait commandé une petite armoire vitrée où elle placerait ses dés.

C'était sa deuxième armoire. Par la même occasion, elle avait acheté un Gérardin! Le petit dé couleur pastel la ravissait, l'enchantait! Elle appela Mozart et Rose pour leur montrer. Ils ne manifestaient pas grand intérêt. Pas plus pour son Ladereau que pour son dé anglais, un Shenderwoad.

Roland avait décidé de ne pas voter. Les polémiques du monde extérieur lui apparaissaient vaines, voire vulgaires. Roland essayait en fait d'appliquer les théories de Nietzsche, enfin ce qu'il en comprenait. Cette négation du monde dont parlait le philosophe intéressait vivement Roland. L'humanité n'était que vide, vide pernicieux, voilà!

Victor accompagna madame Gauthier au bureau de scrutin.

Madame Gauthier se demandait si elle préférait Victor à Roland. Roland était gentil, mais Victor était si serviable! Bien sûr, elle comprenait que Roland n'était pas dans une position où l'on peut rendre service. Mais, en fait, c'était plutôt la gaieté permanente qui habitait Victor qui plaisait à madame Gauthier. Bien sûr, elle comprenait aussi que Roland n'avait pas beaucoup de raisons d'être joyeux.

Le bureau de scrutin était à dix minutes de marche de l'immeuble où demeuraient Victor et madame Gauthier. Ils parlèrent des candidats au poste de maire et de leurs chances respectives de remporter les suffrages. Ils pensaient tous les deux que Jean Tremblay serait élu. Ils le souhaitaient également. Madame Gauthier considérait que Louise aurait pu se déplacer : même si ce n'était pas des élections provinciales, c'était un devoir de citoyen que d'aller voter.

«Vous savez, madame Gauthier, Louise a l'air de s'intéresser seulement à ses chats, observa Victor en souriant.

—Oui, je sais. Mais ce n'est pas normal de mener la vie qu'elle mène, à son âge. Elle ne sort pas, ne voit personne; elle devrait en profiter pendant qu'elle est jeune, ça ne dure pas si longtemps.

—Elle est venue chez moi pour voir mon chat, je ne l'ai pas trouvée si sérieuse; elle était très enthousiaste!

—Tant mieux. C'est une chance que vous soyez venu vous installer avec nous. L'immeuble est plus gai. Roland est bien bon mais il est amer, même s'il ne se plaint jamais. Après ce qui lui est arrivé, on comprend, vous savez... »

Vic, justement, ne savait pas. Enfin, pas toute l'histoire. Il avoua à madame Gauthier qu'il n'avait pas osé questionner Roland. Il savait seulement qu'il avait eu un accident.

« Un accident grave ! Il était avec sa femme, ils allaient faire un second voyage de noces. Vous savez, leur ménage était plutôt chambranlant... Ça faisait plusieurs mois qu'ils ne s'entendaient plus quand monsieur Roland a parlé d'essayer une dernière fois de s'entendre. Il se disait que c'était peut-être le stress, la vie qu'il menait qui l'avait poussé à être désagréable avec Gisèle — c'était le nom de sa femme. C'est lui qui m'a raconté ça, quelques mois après l'accident. Puis c'est arrivé : l'accident. Ils ne roulaient pas si vite que ça pourtant, mais Roland s'est endormi au volant. Gisèle aussi dormait, elle devait conduire un peu plus tard. Ils se rendaient dans le Vermont. Roland a dit qu'il n'avait rien vu. Ils sont rentrés dans un arbre, du côté de Gisèle. Elle est morte, lui s'est cassé les deux jambes. À l'hôpital, Roland a été presque deux semaines sans parler. Pensez donc, c'était leur voyage de noces!

—Mais de quoi vit Roland maintenant, ça fait presque deux ans qu'il ne travaille pas si j'ai bien compris?

—Il vit des assurances. Gisèle et lui étaient assurés sur la vie. Roland m'a dit qu'ils voulaient un enfant, pensant que ça arrangerait les choses. Ils avaient pris des assurances à ce moment-là. C'est donc bête la vie! En plus, il touche une assurance salaire; je ne sais pas comment ça, mais tant qu'il est invalide, le bureau lui verse une pension. Mais ce n'est pas comme marcher, n'est-ce pas?

—Non. Il n'y a personne pour le visiter? Pas d'amis? Je le trouve pourtant aimable. »

Madame Gauthier haussa les épaules: « Ça, j'ai de la difficulté à le comprendre; Roland dit que ses amis étaient "leurs" amis et que les revoir lui rappellerait des souvenirs des jours heureux. Ça serait trop pénible pour lui. Je vous le dis, Victor — vous permettez que je vous appelle par votre prénom? — c'est une bonne chose que vous habitiez avec nous. Avec ce qui se passe de nos jours, j'aime autant avoir un homme dans la maison! »

Quand ils quittèrent le bureau de scrutin, madame Gauthier confia à Victor qu'elle était persuadée que madame Langlois était allée voter seulement parce qu'elle voulait avoir un auditoire pour la plaindre et non parce qu'elle tenait à accomplir son devoir de citoyenne.

Le vent soufflait fort. Madame Gauthier hâta le pas car elle ne voulait pas que sa permanente souffre des intempéries. Victor la quitta sur le pas de la porte; non, il ne rentrait pas tout de suite, il voulait marcher encore avant de se remettre à corriger les copies de ses étudiants.

Victor voulait surtout s'imprégner du mystère qu'il trouvait à l'air ce soir-là. Il avait été déçu par le silence des gens au bureau de scrutin : on n'avait pratiquement pas parlé du meurtre. Les citoyens allaient même jusqu'à se demander si tous les meurtres devaient être attribués à la même personne. Curieusement, il flottait une odeur de barbecue autour de l'aura méphistophélique que le jeune homme voyait à sa ville. Il marchait sans but. Et c'est sans but qu'il rentra. Sa promenade avait été courte et malheureusement calme.

Il passa par la cour sans savoir qu'il ferait faire à Valérie Langlois sa quatrième fausse crise de nerfs de la journée.

Novembre se termina enfin. Les jours de plus en plus courts, les nuits de plus en plus noires avaient gardé intacte la peur que Louise avait au ventre depuis l'assassinat. Elle en rêvait parfois la nuit et ses cauchemars avaient une qualité d'authenticité, d'horreur réelle. C'était le fait que le meurtrier ait tué pour rien qui l'angoissait. Il pouvait donc la tuer, elle. L'absence de motif était terrifiante. Et immorale. Louise n'avait jamais eu d'opinion sur la vie et la mort, sur le droit de tuer ou non; elle comprenait même qu'on puisse ôter la vie si on avait une bonne raison. Mais le maniaque avait posé un geste gratuit. Louise n'aimait pas les gestes gratuits. Désordonnés.

Valérie Langlois avait des gestes désordonnés et Louise ne l'aimait pas. Depuis un mois, sa voisine avait repris la marotte qu'elle avait abandonnée à la fin de l'été: appeler Louise chaque fois qu'un de ses chats marchait dans la cour. Louise lui répondait invariablement : « La cour est à tout le monde. Je ne promènerai pas mes chats en laisse. » Valérie Langlois lui avait en effet proposé de promener ses chats comme on l'aurait fait d'un chien. Louise en avait été ulcérée. Et voilà que la folle recommençait. Elle savait très bien que la cour n'était pas à elle mais elle se faisait un malin plaisir de déranger Louise. « Si seulement son mari pouvait l'empoisonner celle-là, il ne vend pas ses produits pharmaceutiques pour rien ! » songeait Louise régulièrement.

Miss Van Ilen dit que Valérie Langlois buvait de plus en plus. Roland s'amusait de l'entêtement de l'infirmière à passer par la cour.

Madame Gauthier trouvait bien regrettable que madame Langlois soit retombée dans le vice : heureusement c'était l'hiver et on n'entendrait pas retentir les cris, injustifiés, de la voisine trop blonde.

Victor n'avait pas eu le malheur de rencontrer Valérie Langlois.

Vers la mi-décembre, les policiers découvrirent, par hasard peut-être, un couteau.

« *Le couteau qui aurait peut-être servi à mu-tiler la regrettée madame Pierrette Beaulieu-Paré. En effet, on n'avait pas retrouvé sur les lieux l'arme du crime. Pourquoi l'assassin avait-il abandonné son arme? Était-ce réelle-ment l'arme du crime, les résultats d'analyse parleront.* »

Cette nouvelle découverte plongea Victor dans un abîme de considérations.

Miss Van Ilen et madame Gauthier croyaient sincèrement que l'arme retrouvée, on arrêterait le coupable rapidement. Et elles considéraient toutes deux qu'il était grand temps.

Madame Boutet n'avait pas tellement le temps d'y penser.

Valérie Langlois trouva là un bon motif pour faire une syncope et boire un coup de rouge.

Une semaine plus tard, Victor invita ses collègues de travail à souper. Il avait invité également Louise et Roland, mais ce dernier avait décliné son invitation, il se sentait fatigué. Victor n'insista pas. Son enthou-siasme à l'égard de Roland s'était quelque peu refroidi à la suite des allusions multipliées sur ses rapports avec Louise. Roland était jaloux. Vic considérait qu'il avait été excessivement aimable avec son voisin et n'acceptait pas que celui-ci se permette des pensées plus ou moins avouables sur Louise et lui. Cela le choquait profondément. Et Louise avait raison, il la regardait étrangement. Cela aussi l'embêtait.

Victor avait fait un sapin de Noël, il avait passé l'après-midi du dimanche au complet à décorer l'arbre et il était très satisfait du résultat. Il scintillait de mille feux, les boules de couleurs vives miroitaient et les glaçons qu'il avait eu la patience de poser un à un créaient de belles vagues argentées. Victor avait acheté divers alcools en espérant rallier tous les goûts. C'était la première fois qu'il recevait chez lui autant de monde. Il était passablement nerveux. Louise, qui était arrivée plus tôt (en fait elle n'était pas arrivée plus tôt, c'est Vic qui lui avait dit de venir vers sept heures trente sachant que ses collègues allaient venir à huit heures), avait apporté avec elle un cadeau pour Balthazar : de l'herbe à chats. Elle expliqua à Victor qu'elle poussait très rapidement et que son chat allait en être fou.

Elle parlait au chat quand les premiers invités commencèrent à arriver. Louise avait offert à Victor de faire le service — «après tout, j'ai l'habitude» —, mais finalement, l'atmosphère était relax et les invités se servaient eux-mêmes.

Il neigeait beaucoup quand Victor commença à recevoir les gens et il neigeait encore plus quand ceux-ci décidèrent de rentrer. Ils s'étaient bien amusés. Victor jubilait; monsieur Roy l'avait pris à part: «Je suis heureux d'avoir l'occasion de vous dire combien on vous apprécie, Vic. Vous faites un travail formidable avec les jeunes. Si, si, je sais ce que je dis. Et c'est vraiment charmant chez vous.» Désignant Louise, il reprit: «C'est votre petite amie?» Vic ne sachant trop que dire murmura: «Non, mieux.» Le ton était suffisamment énigmatique pour intéresser monsieur Roy: «Votre fiancée?» Victor qui n'avait pourtant pas pensé à ça répondit: «Oui, monsieur. Mais gardez le secret, s'il vous plaît. Nous nous fiançons officiellement le 1er janvier.» Monsieur Roy promit tout ce qu'on voulait. Victor se dit qu'au fond c'était son subconscient qui avait parlé et que c'était une bonne idée. Louise était charmante, discrète, réservée, fragile et libre. Enfin, elle ne semblait pas remarquer sa laideur. C'était énorme. Elle était si timide que c'était attendrissant : Victor voyait bien que c'était pour cette raison qu'elle parlait toujours avec le chat, les hommes l'intimidaient. Victor trouvait cela charmant.

La plupart des invités étaient partis à deux heures ; il restait seulement Louise, Victor et les deux plus jeunes de ses collègues. Ils burent encore un verre et Louis Charland se leva et prit congé. Robert Plante l'imita peu de temps après. Il regarda par la fenêtre le temps qu'il faisait et dit : « J'aurais mieux fait de partir plus tôt, je ne sais pas si je vais me rendre. Ça a l'air glissant dans les rues. Mais je me suis bien amusé ! » Vic lui proposa de rester dormir chez lui. Robert refusa d'abord puis accepta en disant que ça leur rappellerait le bon temps quand on couchait chez des copains. Vic fut très heureux que Robert accepte, il était épaté que ce dernier fasse preuve de tant de simplicité, et se dit qu'il aurait en sa personne un solide ami.

Louise les quitta peu de temps après. Victor la remercia d'être venue et il l'embrassa sur la bouche très vite. Elle fut surprise mais elle ne dit rien. Victor crut qu'elle s'en réjouissait. Il s'endormit heureux, très heureux.

Robert Plante, pour sa part, eut plus de difficulté à s'endormir. D'abord il avait un peu trop bu, ensuite il se trouvait dans un autre lit que le sien. Il se remémora la soirée, s'estima satisfait de ce qui s'était décidé et se demanda quels étaient les rapports entre Louise et son collègue. Garçon bien étrange; il était tellement naïf qu'on pouvait se demander s'il ne jouait pas un personnage. Robert Plante le trouvait sympathique et simple, il supposait que Victor aimait réellement son métier et il admirait sa sincérité, son souci de bien faire face à ses étudiants. Il n'était pas encore respecté mais ça viendrait. Il ne s'endormait pas pour autant. Peut-être aurait-il mieux fait de rentrer chez lui. Enfin... Il se leva, marcha sur la pointe des pieds jusqu'à la fenêtre. Il regardait la neige qui continuait à tomber, doucement, dans un mouvement uniforme, la neige blanche à l'infini. Il eut un choc quand il vit une ombre noire se découper sur la surface glacée de la cour. Il s'étonna davantage quand il constata que la forme enjambait l'escalier de secours et montait. Il eut envie de crier, ne le fit pas — il s'interrogerait longtemps sur la raison de son silence —, il vit l'ombre ouvrir une fenêtre deux étages plus bas et entrer dans cet appartement. Puis il n'entendit plus rien.

Robert Plante ne savait pas ce qu'il devait faire; il se demandait s'il n'avait pas rêvé. Il n'était pas du genre à se mêler des affaires d'autrui surtout quand elles lui semblaient étranges. De toute façon, la neige avait déjà recouvert les traces. Il se persuada qu'il avait eu une vision. Sans savoir pourquoi, il n'avait pas l'impression que l'ombre avait commis une effraction. Il se recoucha et s'endormit cette fois.

Quand Robert Plante s'éveilla, le lendemain vers onze heures, il y avait une agréable odeur de café dans la cuisine. Robert n'aimait pas beaucoup le café mais l'odeur lui rappelait des souvenirs heureux;

la maison chez ses parents sentait le café, quand il jouait dehors l'après-midi et qu'il venait collationner avec sa mère; pour lui un verre de lait et des biscuits, pour elle un café noir. L'odeur du café lui donnait toujours une impression de sécurité, de nid douillet. Pourtant, par ce matin de décembre, Robert Plante se sentait plus ou moins bien. Plutôt moins que plus. Il avait dormi avec ses vêtements, il se retrouvait dans ces mêmes vêtements, fripés. Il avait légèrement mal à la tête et au cœur. Il avait trop bu la veille. Il était rare qu'il ne bût pas outre mesure; heureusement il ne s'enivrait pas. Il buvait trop mais il ne se saoulait pas. C'est-à-dire qu'il gardait toute sa lucidité. C'est pourquoi il raconterait à Vic ce qu'il avait vu dans la cour durant la nuit. Ce dernier était en pleine forme; il avait rangé, lavé les verres sales, fait du café, fait chauffer des croissants. Robert Plante n'avait pas faim mais il accepta un croissant pour ne pas décevoir son hôte. Victor trouvait que la soirée s'était merveilleusement déroulée. Il avait eu beaucoup de plaisir à rencontrer tous ses collègues en dehors de leur milieu de travail, il les

sentait beaucoup plus simples, plus sympa-
thiques. Il était ravi que Robert ait accepté
son hospitalité. Robert lui dit qu'il avait bien
dormi, ce qui était faux.

« Mais, ajouta-t-il, avant de m'endormir,
j'ai regardé par la fenêtre, j'adore la vue. Je
voyais la neige tomber, toute blanche. Tout à
coup, j'ai vu une forme noire dans la cour.
J'ai l'impression que c'était la silhouette d'un
homme. Je ne voyais pas bien. J'ai vu la silhouette monter par l'escalier de secours et
entrer par une fenêtre, deux étages plus bas.
Je me demande si je n'ai pas rêvé.

— Deux étages plus bas, c'est chez Roland.
S'il s'était passé quelque chose, il aurait donné
l'alarme. Vois-tu, il est handicapé. Dans son
appartement, il y a une sonnerie d'alarme au
cas où il aurait besoin d'aide, s'il se blessait ou
s'il était malade. Si un voleur s'était introduit
chez lui, il aurait appelé au secours.

— Il me semble pourtant que je n'ai pas
rêvé. Qu'est-ce qu'il a comme handicap ton
voisin ?

— Ses jambes sont paralysées. »
Robert Plante haussa les épaules :
« Ça ne peut donc pas être lui qui entrait

chez lui. Mais c'est bizarre, j'avais l'impression justement que l'ombre n'entrait pas dans l'appartement par effraction.

—Tu dois avoir rêvé. Roland a la vie la plus calme qui soit. Encore un peu de café ?

—Oui, merci. »

Victor tressaillit :

« T'es sûr que tu as vu l'ombre entrer deux étages plus bas ?

—Oui, pourquoi ?

—Si c'était l'étage du dessous, ce serait chez Louise. Et elle, elle n'a pas de sonnerie d'alarme. »

Victor se leva, prêt à aller chez Louise. Robert l'arrêta :

« Je suis certain : c'était deux étages plus bas. Je savais que Louise habitait l'étage en dessous, elle me l'avait dit dans la soirée : ça m'aurait frappé si j'avais vu quelqu'un entrer chez elle ! Non, c'est plus bas. »

Victor se rassit, soulagé : « Tu dois avoir rêvé.

—Je suppose. À moins que Roland reçoive chez lui la nuit ?

—Si tu le connaissais, tu verrais que ça n'a pas de bon sens ! »

Victor riait franchement.

«Pourquoi? S'il a quelque chose à cacher?

—Non, franchement, Robert, tu as beaucoup d'imagination!

—Écoute, si quelqu'un est entré chez lui, en pleine nuit, par la fenêtre et qu'il n'a pas donné l'alarme, c'est qu'il attendait ce quelqu'un.

—Pourquoi cette personne, ce fantôme plutôt, entrerait-il par la fenêtre? Roland a le droit de recevoir qui il veut, quand il veut!»

Robert s'entêtait:

«Peut-être qu'il ne veut pas qu'on soit au courant de leurs relations.

—Qu'est-ce que tu veux dire?

—Je ne sais pas, je ne connais pas Roland... Une histoire d'amour?»

Victor éclata de rire:

«Tu ne connais pas Roland: d'abord s'il aimait un homme, il l'afficherait, l'opinion des gens ne le dérange pas. Ensuite, je le saurais parce qu'il ne nous l'aurait pas caché. Troisièmement, je le crois un peu jaloux de moi à cause de Louise mais, quatrièmement, ça ne fait que l'agacer: Louise ne l'intéresse pas véritablement, il vénère encore la mémoire de sa femme, aussi curieux que ça puisse paraître aujourd'hui.

—Tu en es certain?

—Oui, madame Gauthier m'a raconté son accident puis la mort de sa femme; il commence tout juste à s'en remettre.»

Et Victor raconta à Robert le drame qu'avait vécu Roland.

Robert conclut qu'il devait avoir rêvé et qu'il lisait trop de romans policiers. Il remarqua à ce sujet que Victor possédait plusieurs ouvrages sur le comportement, la psychologie d'un criminel, des annales judiciaires, des études de grands dossiers, etc.

«Tu t'intéresses au mystère du crime, Victor?

—Oui, ça me passionne. J'essaie de comprendre le mécanisme qui se met en branle quand un homme commet un meurtre. Je pense que l'humanité compte tous les cas possibles de perversions mais que, malgré la prolifération d'une faune aux goûts bizarres et inquiétants, peu de meurtres, en fin de compte, sont commis par des détraqués. Quand on lit des dossiers du crime, à part celui des crimes sexuels, on réalise que ça ne prend pas grand-chose à l'homme pour abattre son semblable. Et c'est cette petite frontière qu'on franchit assez facilement quand on commet un meurtre qui m'intéresse. Qu'est-ce qui se passe dans la tête d'un meurtrier?»

Robert haussa les épaules:

«Ce n'est pas une question d'intelligence en tout cas.

—Non, je le sais. L'habileté des criminels le prouve.

—C'est de l'inconscience. Ils ne réfléchissent pas; ils sont persuadés qu'ils ne se feront pas prendre.

—Oui. L'inconscience permet de tuer quelqu'un, mais ce qui m'intrigue, c'est comment on peut décider de tuer.

—Je ne pense pas qu'on le décide. Ça arrive, c'est tout. Un délire isolé dans la vie d'un homme. À part les règlements de comptes, c'est presque toujours des crimes passionnels; le triangle amoureux classique. Des histoires de famille. C'est aussi bête et aussi sordide que ça.

—Qu'est-ce que tu penses du meurtre du mois de septembre, de celui de novembre?

demanda Vic en servant encore du café.

—Je pense que c'est un cas parfait de délire isolé. Et qu'il ne faut pas relier tous ces meurtres. S'il ne s'agissait pas d'un moment de folie, il me semble qu'il y aurait eu d'autres crimes. On est à la fin décembre et il ne s'est rien passé d'autre.

—Oui, mais quels motifs ont poussé un homme à étrangler une femme et à la mutiler sexuellement?

—Ça, je ne sais pas. Ou c'est un fou ou c'est quelqu'un qui la connaissait. Sinon, je ne vois pas pourquoi elle aurait ouvert sa porte, imagine la scène: on sonne à la porte, c'est une connaissance, peut-être un ami de bureau, un voisin, un employé de son mari, quelqu'un qu'elle a déjà vu. Elle ouvre. L'homme discute avec elle, il veut faire l'amour: elle dit non, il dit oui. Il l'attaque, elle crie; il lui serre le cou pour la faire taire, il serre trop fort, elle est morte. Qu'est-ce qu'il fait? Il panique, il ne voulait pas nécessairement la tuer. Il la mutile pour faire croire à l'œuvre d'un fou. Et si c'est un fou, il a tout fait ça avec une raison qui ne nous apparaît pas à nous mais qui devait l'habiter quand il a tué... C'est complexe l'âme humaine. »

Victor murmura:

« Je pense qu'ils ne l'arrêteront jamais. À moins qu'il ne récidive. En tout cas, moi, je vais chercher Louise presque tous les jours quand elle finit de travailler; elle a encore peur. »

Robert esquissa un sourire:

« C'est beau de se dévouer comme ça! Mais tu ne dois pas avoir de difficulté. »

Victor rougit:

« Non, c'est-à-dire que si ça lui rend service, je... »

Robert lui tapa sur l'épaule amicalement:

« Je suis content pour toi, Vic; elle semble bien gentille! »

Vic songeait que Louise semblait bien gentille en effet, mais que ça ne voulait pas dire qu'elle accepterait de l'épouser pour autant. Il ne savait pas ce matin ce que Louise pensait de lui. La veille quand il s'était couché, il avait cru qu'il était possible, permis d'imaginer leur vie ensemble, ce matin, il en était beaucoup moins assuré. Toutefois, il ne se voyait pas de rival: Louise ne semblait pas porter attention aux clients du restaurant, elle ne recevait jamais d'homme, enfin il le pensait — il n'avait pas su pourquoi ça ne répondait pas à la porte de Louise, où elle était, il y a de cela quelques temps, mais il ne pensait pas qu'il y avait un homme derrière tout ça. Il savait que Roland ne l'intéressait pas; elle lui rendait beaucoup moins souvent visite qu'à lui. Seulement... Louise était étrange, si renfermée, si discrète. Il avait l'impression qu'il ne la connaissait pas. Il la regardait attentivement, souvent longuement et elle ne se troublait pas; il semblait qu'elle voyait à travers lui, qu'elle regardait le mur derrière lui. Comme si elle était somnambule ou hypnotisée. Et pourtant elle ne l'était pas. C'était son regard à elle. Victor s'ancrait dans cette idée qu'elle était timide.

Robert Plante aussi avait trouvé un regard particulier à Louise. Il ne parvenait pas à définir l'impression qu'elle lui avait faite mais une chose était sûre : il s'était senti inconsistant devant la jeune femme. Vidé de sa substance. Il remercia chaleureusement Victor pour son accueil, s'excusa d'en avoir peut-être abusé mais, disait-il, « J'ai un tempérament bohème... » Il promit de lui téléphoner; ils pourraient prendre un verre ensemble durant les vacances de Noël. Victor dit que ça lui plairait bien. Ils se séparèrent.

Noël. Noël. Victor avait fait un sapin mais il ne se sentait pas dans l'esprit des fêtes pour autant. Il aurait voulu faire un petit repas intime avec Louise mais elle allait fêter avec sa famille. Lui aussi d'ailleurs. Il se rendrait à Montréal pour quelques jours. Louise heureusement ne partait qu'une journée. Elle s'était offerte à nourrir Balthazar. Victor songeait souvent qu'elle avait l'air de préférer le chat au maître. Il s'amusait de cette pensée farfelue. Mais il est vrai que Louise aimait énormément les chats. Elle parlait d'eux, elle leur parlait, elle parlait avec eux. Victor avait lu un ouvrage de psychologie qui mentionnait des cas de transfert; les sujets parlaient avec des objets, ou des animaux, voire des fantômes comme s'il s'était agi de personnes: ils avaient de la difficulté à assumer les relations humaines directes, ils procédaient par

êtres interposés. Louise agissait probablement ainsi. Toujours sa timidité. Victor
considérait qu'avec lui elle surmonterait ses
problèmes de communication. Il la trouvait
charmante dans sa vulnérabilité. Et il espérait sincèrement qu'on n'arrêterait jamais le
« maniaque »; il adorait aller chercher Louise
à la fin de sa journée. Il avait hâte que Noël
soit passé, d'être revenu de Montréal.

Roland avait appris avec joie que Victor
partait pour quelques jours. Que Louise
serait absente le soir de Noël. Que madame
Gauthier était invitée chez des amis. Il serait
donc seul dans l'immeuble le soir de Noël.
Miss Van Ilen avait proposé de lui tenir
compagnie mais Roland avait décliné son
offre en lui disant que son frère passerait le
voir. C'était faux, son frère avait depuis longtemps rompu avec lui. Quand il avait épousé
Gisèle. Ce n'était tout de même pas la faute
de Roland si elle l'avait préféré à son frère. Ce
dernier ne lui avait jamais pardonné. À peine
un an plus tard, Roland l'aurait bien
redonnée à son frère, cette Gisèle! Comme il
l'avait haïe. Une haine sourde, totale, parfaite contre une femme qui la méritait. Il

l'avait tellement détestée qu'il avait accepté de mourir avec elle, avait accepté de périr dans l'accident d'auto à condition qu'elle trinque aussi ! Et elle avait trinqué ! Elle était morte. Il considérait qu'il s'en était fort bien sorti. Mais à ce moment-là, peu lui importait, mourir, vivre... sauf une chose : la mort de Gisèle. Et ce n'était même pas pour en être délivré car il y avait de fortes chances qu'il crève lui aussi dans l'accident; non, il l'avait tuée parce qu'il avait décrété qu'elle ne devait plus exister. Elle était par trop monstrueuse. Elle n'avait pas le droit de vivre. Il avait donc joué le rôle du mari repentant, qui tient à se faire pardonner, et il lui avait proposé un nouveau voyage de noces. Et elle y avait cru ! Maintenant, elle était six pieds sous terre et les vers et les larves mangeaient à la santé de Roland. Quand il y repensait, Roland se disait qu'il avait été chanceux mais beaucoup trop romantique; risquer sa vie, être blessé pour être certain que Gisèle crève était ridicule, exagéré. Erreur de jeunesse... C'était si simple de tuer sans pour autant mettre sa vie en danger. Il avait bien tué Jeanne Lesboens sans problème.

Depuis qu'il était infirme, les choses étaient beaucoup plus simples. Cette impunité lui donnait une formidable assurance. Nadia... Il pensait à Nadia. Il avait envie de recommencer. Louise ou une inconnue? Et pourquoi pas les deux? Louise et une autre fille dans le genre de Nadia ou Jeanne? Évidemment, pour Louise, ce serait plus compliqué. Mais il allait y réfléchir.

En attendant, il se réjouissait d'être seul, le soir de Noël. Il ne serait pas obligé d'attendre que tous soient endormis pour marcher. Il se promènerait dans l'immeuble, il en sortirait et il y entrerait. Ce serait son cadeau de Noël.

Victor descendit chez Roland, après le départ de Robert, par acquit de conscience; si jamais il lui était arrivé quelque chose. Il n'était rien arrivé à Roland comme Vic put le constater.

« Ça va bien?

—Oui. Toi? Ta soirée s'est bien passée? »

Victor sourit, radieux:

« Formidable! On s'est bien amusé. J'ai même un ami qui est resté à coucher; hier soir il neigeait beaucoup, la chaussée paraissait glissante, c'était mieux qu'il reste. Puis, c'est un peu pour ça que je suis venu te voir... »

Roland avait sourcillé :

« Qu'est-ce qui se passe ? »

Victor le rassura :

« Rien, je le vois bien. J'étais venu vérifier si tu allais bien. Hier, Robert a cru voir une ombre mystérieuse entrer chez toi. Quand il m'a raconté ça ce matin, j'ai un peu ri de lui. Je lui ai dit qu'il avait trop d'imagination. Je suppose que je suis impressionnable et ça me paraît ridicule maintenant, mais j'étais descendu pour voir si tout allait bien. »

Roland s'esclaffa, trouva qu'effectivement l'ami — il avait remarqué que Victor ne disait plus « collègue » mais « ami » — de Victor avait beaucoup d'imagination. Comment aurait-il pu être dans la cour en pleine nuit et dans sa chaise roulante à la fois ? « Je ne suis pas le docteur Jekyll ni Mr. Hyde. » Il ajouta que sa vie au contraire n'avait rien de trépidant.

Victor s'étonna :

« Mais Robert n'a jamais pensé que c'était toi qui étais entré par la fenêtre, il songeait à un cambrioleur ou à un visiteur nocturne. »

Tandis que son voisin parlait, Roland réalisait qu'il avait fait une erreur: il suggérait la possibilité que ce soit lui que Robert ait aperçu, il ne fallait pas laisser le temps à Vic de réagir; c'est avec un ton outré qu'il lui répondit:

« Un visiteur nocturne? Qu'est-ce qu'il voulait insinuer? J'ai l'air d'une pédale, moi? »

Victor, interdit, jura que non. Que Robert ne voulait sûrement pas dire ça. Roland dit que c'était préférable. Que ce n'était pas parce qu'il était cloué dans un fauteuil qu'il fallait se mettre à lui imaginer des aventures sexuelles délirantes, des visites de nuit, en pleine tempête de neige. Il s'excusa de s'être emporté et demanda à Victor s'il partait longtemps:

« Madame Gauthier m'a dit que tu allais à Montréal pour les fêtes, tu pars longtemps? Elle m'a dit quelques jours.

—Je ne sais pas trop, quatre ou cinq. »

Victor à son tour lui demanda s'il ne se sentait pas trop seul, il savait qu'il n'y aurait personne le soir de Noël dans l'immeuble. Roland lui raconta la même fable qu'à miss

Van Ilen. Victor se réjouit pour Roland. Il lui dit qu'il aurait bien aimé rencontrer son frère puis il le quitta en s'excusant de l'avoir dérangé pour rien.

« Mais non, ta sollicitude me touche », affirma Roland.

Sa sollicitude l'emmerdait, oui ! Ce Robert qui l'avait vu l'ennuyait beaucoup. Pourquoi n'était-il pas couché ? Toutes les lumières étaient éteintes chez Victor ; Roland le savait parce que l'éclairage se réverbérait sur la neige quand il y avait de la lumière chez son voisin. Qu'est-ce que cet imbécile faisait debout ? Il l'avait échappé belle. Il faudrait être plus prudent à l'avenir. Roland trouvait de plus en plus pénible d'être confiné à son fauteuil roulant. Il sortait plus souvent la nuit. Il était servi par la température ; toutes les fois qu'il neigeait, il en profitait : la neige lui assurait une certaine protection : elle camouflait, fondait les silhouettes, les ombres, créait un brouillard opaque. Heureusement, Noël lui permettrait de sortir sans danger.

Parfois, il se disait qu'il devrait recommencer à marcher officiellement. Il en avait marre de jouer à l'infirme, mais il n'avait pas plus envie de retourner travailler. Revoir tous ces idiots qu'il avait dû fréquenter pendant trop de temps et abandonner l'impunité si chère à son cœur. C'était un cercle vicieux : s'il était « infirme » il était protégé, au-delà de tout soupçon, mais en contrepartie désagréable, il avait peu d'occasions de satisfaire des désirs exigeants. Parallèlement, s'il ne jouait pas l'infirme, il ne pouvait pas si aisément être comblé, les femmes n'étant vraiment pas compréhensives ! Ne pas baiser, ça vraiment, ça ne lui plaisait pas. Parfois, il avait tellement envie d'une femme qu'il était décidé à quitter sa retraite. Il rêvait de jambes longues et chaudes et douces qu'il ouvrirait, qu'il forcerait. Il avait envie de sentir des cuisses entourer son corps. Pénétrer une femme, la sentir frémir sous lui, résister puis jouir, parce qu'elles jouissaient toutes même celles qui criaient, il savait qu'elles faisaient du cinéma mais qu'au fond elles aimaient ça, il connaissait les femmes, lui ! Oui, regarder les femmes sous ses assauts puissants, les regarder se crisper. Regarder des sexes comme des entailles. Les ouvrir. Frapper délicatement, puis plus fortement. Fouiller les ventres, les reins courbés devant lui, ces seins, ces fesses! Descendre des ongles dans un dos nu, jusqu'à ce que le sang perle. Puis jouir.

Si Louise l'avait entendu penser, elle aurait dit que c'était de la mauvaise littérature, et elle aurait trouvé cela inquiétant. Très. Quant à elle, baiser était relativement peu important; malgré plusieurs expériences, avec plusieurs hommes différents, elle n'aimait pas. Elle ne détestait pas non plus: elle était indifférente, inconcernée. Elle trouvait que cela ne méritait pas toute l'attention qu'on y attachait.

Si Victor avait su ce que Louise pensait des relations intimes, il aurait désespéré de jamais l'épouser. Encore moins de la posséder, ce qui lui importait beaucoup. Avec son visage ingrat, Victor n'avait pas accumulé les conquêtes ni les aventures sexuelles. Il s'efforçait de ne pas y penser, se disait que les gens en parlaient beaucoup pour rien. Il ne parvenait pas à s'en convaincre. Les quelques étreintes rapides auxquelles il avait eu droit l'avaient laissé insatisfait mais grandement intéressé à répéter l'expérience. Il désirait Louise. Il la désirait assez pour l'épouser. Même si l'époque favorisait les relations sexuelles hors mariage, la vie de couple sans les sacrements, Victor pensait qu'il devait épouser Louise. Afin qu'elle ne l'abandonne pas si, par hasard, ils vivaient ensemble; afin également qu'elle accepte de vivre avec lui. Il ne pouvait pas lui proposer autre chose que le mariage: n'importe quel autre homme, beaucoup plus beau que lui, pouvait lui offrir la possibilité d'une aventure amoureuse. Mais le mariage? C'était moins évident. On n'avait plus besoin d'être marié aujourd'hui pour faire l'amour.

Il se dit qu'avec un peu, non, beaucoup de chance, il serait l'époux de Louise, à cette même date, l'année suivante. Il se demandait comment ses parents trouveraient la jeune femme. Bien, sûrement. Elle était si discrète. Il eut subitement hâte d'être à Montréal pour leur en parler.

Victor revint le 30 décembre par le train de cinq heures. Il avait passé de bons moments chez lui; ses parents et amis l'avaient félicité en apprenant qu'il allait se fiancer bientôt. Tous faisaient confiance au goût, au bon sens de Victor et, bien qu'étonnés, tous se réjouissaient pour lui; il était temps qu'une femme réalise que Victor était un homme de valeur.

Victor aurait eu du mal à expliquer pourquoi il parlait de ses fiançailles comme d'un fait acquis. Il savait très bien qu'il n'en avait pas parlé à Louise, qu'elle serait étonnée. Très étonnée. Et pas du tout intéressée peut-être. Mais il s'entêtait à croire à ces fiançailles, comme si le fait d'y apporter foi allait influencer les événements. La foi déplaçait les montagnes; pour Victor faire naître une émotion chez Louise relevait du miracle. Il avait presque envie d'aller prier.

Il acheta le journal à la gare: «La mort violente de madame Pierrette Beaulieu-Paré:

un suspect arrêté. » Victor parcourut rapidement l'article. Il apprit qu'au cours de son absence, un individu avait été appréhendé par les enquêteurs de la Sûreté du Québec. Le suspect aurait été arrêté alors qu'il se rendait à son domicile situé au 34, rue Canea à Québec.

Victor eut une moue de dépit; fini le bon temps ou il raccompagnait Louise à la sortie du restaurant. Il espérait quand même que le suspect serait innocenté.

Il alla chercher Louise au restaurant en prenant bien soin de laisser son journal à la gare, il ferait semblant de ne pas être au courant de la nouvelle. Louise lui en parla; elle semblait soulagée et confia à Victor qu'elle pourrait enfin recommencer à se promener le soir sans craindre outre mesure de se faire assaillir. Victor la mit en garde contre les dangers qui subsistaient; que le fou ait été arrêté ou non. Il y avait trop de viols pour ne pas en tenir compte. Elle le regarda en souriant:

« Mais j'en tiens compte, Victor! Quand on sait noir sur blanc qu'il y a un meurtrier, un fou armé qui a tué à quelques rues de chez soi, il ne faut pas tenter le diable. Seulement, je sais me défendre, j'ai fait du karaté pendant quatre ans. C'est tout. À part ça, Balthazar va très bien. Je pense même qu'il a grossi; je dois avouer que je le gâte un peu trop. Mais il est tellement adorable! Je l'ai présenté à Mozart et à Rose. Contrairement à ce que j'aurais pensé, c'est Rose qui lui fait la gueule. Mozart l'a considéré d'un œil bien plus calme. Faut dire que Mozart n'est pas tellement agressif.

—Toi, ça va? As-tu passé un bon Noël?

—Oui. À part les bêtises de la folle d'à côté. Toutes les fois que les chats vont dans la cour, elle me téléphone. Je commence à en avoir assez. Comme si la cour était à elle. Mozart et Rose vont continuer à y aller! Sauf que je veux qu'elle arrête de me déranger, j'sais pas quoi faire.

—Elle te téléphone à chaque fois qu'il y a un chat dans la cour?

—Oui.

—Mais ça n'a pas de bon sens!

—Non. Mais qu'est-ce que je peux faire?» fit Louise, ennuyée.

Victor s'indigna:

«Ça ne se passera pas comme ça. Je vais aller la voir, moi, cette bonne femme-là. C'est incroyable! Elle est mieux de se calmer les nerfs parce que je vais employer les grands moyens.»

Louise questionna:

«Qu'est-ce que tu vas faire?

—Prendre contact avec la compagnie de téléphone. Elle commet une infraction. C'est classé comme appel importun, au même titre que les téléphones obscènes. Je vais la menacer. Probablement que ça va être suffisant. Mais tu aurais dû m'en parler avant!

—Bah, c'est pas si grave; c'est juste énervant.

—C'est inadmissible!»

Victor était à la fois furieux et reconnaissant à l'égard de cette voisine; il la trouvait cinglée mais elle lui fournissait une occasion de rendre service à Louise, de lui parler. Ça ne vaudrait pas leurs petites promenades quotidiennes mais c'était mieux que rien.

Le lendemain, Victor eut une bonne surprise: un suspect avait été arrêté mais on avait maintenant la preuve qu'il n'était pour rien dans les meurtres de l'automne. On le gardait pour un autre délit qu'il avait réellement commis. Victor s'accusa d'immoralité mais il ne put s'empêcher de se réjouir. Il redevenait chevalier servant.

Louise se dit que la nouvelle d'hier était trop belle pour être vraie. Les chats décidément la décevaient moins que les humains.

Roland sourit quand il lut le journal. Ainsi le meurtrier était toujours en liberté. C'était parfait! Il allait pouvoir en profiter...

Madame Gauthier et miss Van Ilen s'accordèrent à dire qu'on vivait une époque troublée.

Valérie Langlois n'eut aucune réaction; elle n'acheta pas le journal de la semaine. Dans le temps des fêtes, elle buvait un peu plus que d'habitude, c'est-à-dire énormément.

Louise se décida enfin à recevoir Roland et Victor. Elle invita aussi madame Gauthier; elle remettrait toutes ses politesses en même temps. Elle trouvait que les principes ont la vie dure car, sans son éducation, elle n'aurait pas reçu tous les locataires de la maison. Elle se dit que ce n'était qu'une fois dans l'année.

Victor fut positivement comblé quand elle

l'invita. Roland fut intrigué. Madame Gauthier pensa qu'elle ne s'était pas trompée et que Louise était une bonne petite.

La table était belle; Louise avait choisi une nappe bleue pour mettre sa vaisselle en évidence: une fine porcelaine anglaise. Les couverts brillaient, les fleurs en paille qui encerclaient les napperons donnaient une touche primesautière à la table. Elle avait cuisiné toute la journée et avait hâte, avant même que ses invités soient arrivés, qu'ils soient repartis. Enfin, dans quatre heures, tout serait fini. Elle espérait que tous ces visiteurs n'intimideraient pas Mozart et Rose.

Les invités arrivèrent en même temps. Louise offrit le punch. On le trouva exquis. C'était de la sangria. On trouva l'entrée exquise et le plat principal également. Le dessert aussi, cela va sans dire. Tout était merveilleux. Victor surtout était très enthousiaste et ne le cachait pas. Louise trouvait un peu étrange de le voir toujours aussi gai et dynamique.

À la fin de la soirée, il redescendit avec Roland et madame Gauthier, mais il remonta aussitôt malgré l'invitation de Roland à prendre le digestif; il voulait donner un coup de main à Louise pour la vaisselle. Elle lui dit que tout allait très bien. Il insista. Elle accepta. Il adora faire la vaisselle en compagnie de Louise. Il lui dit que son souper était très réussi. Elle lui répondit qu'elle l'espérait; pour les fois qu'elle recevait! Il lui demanda si elle aimait Roland. «Oui. Pourquoi?

—Pour rien, comme ça.

—Et moi?

—Quoi, toi?

—M'aimes-tu, moi?

—Oui, fit-elle, un peu interloquée.

—Moi aussi, je t'aime.»

Elle ne répondit rien à cela. Elle se demandait si l'herbe à chat qu'elle avait donnée à Victor avait poussé. Elle le lui demanda. Il fit signe que oui. Victor crut qu'elle voulait détourner la conversation; il ne savait pas s'il devait insister ou se taire. Courageusement, il opta pour la première solution.

«Louise, voudrais-tu qu'on sorte ensemble?

—Qu'on sorte ensemble? Qu'est-ce que tu veux dire?

—Tu dois t'en douter... Je trouve que tu es

une fille fantastique, et je voudrais qu'on se voie plus souvent... Tu m'attires, je te trouve bien intelligente et je, je pense qu'on serait bien ensemble. »

Louise se demandait bien ce qu'elle pouvait répondre à cela. Elle lui dit donc qu'elle n'en savait rien.

Victor lui sourit tendrement en lui murmurant: « Je comprends, il faut que tu aies le temps de réfléchir à tout ça. » Il lui fit un clin d'œil en partant: « Tâche de ne pas trop me faire attendre. » Et il la quitta.

Valérie Langlois dit que ce ne serait pas un petit con comme Victor Moreau qui lui donnerait des ordres. Si les chats la dérangeaient, elle avait entièrement raison d'appeler. Comme elle le savait capable de mettre sa menace à exécution et qu'elle, Valérie Langlois, ne pouvait pas vivre sans téléphone, il n'y avait qu'une solution: se débarrasser de ces maudits chats! Ce ne serait pas très difficile; ils bouffaient sans arrêt. Ils fouillaient dans les poubelles pour trouver les meilleurs morceaux mais ils ne touchaient guère à ce qui n'était pas intéressant; on voyait que ces chats-là étaient bien nourris, ils s'amusaient dans les poubelles. Ils allaient bien s'amuser la prochaine fois! Mais ce serait la dernière... Valérie Langlois sortit du réfrigérateur un beau morceau de poulet et de la crème. Elle le coupa en petits morceaux, lia le tout avec la crème et en badigeonna des tranches de pain blanc. Elle assaisonna ses sandwichs avec du poison. Enfin, elle espérait que ce soit du poison: elle avait pris dans la trousse de démonstration de son mari un produit nocif. S'il se révélait inefficace et qu'il ne tuait pas les chats, ils seraient au moins malades. Ce serait toujours ça de pris et ça leur passerait le goût de venir dans la cour.

Quand Louise s'éveilla, le lendemain, il était presque une heure. Elle n'avait pas tellement repensé à la proposition de Victor. Elle avait mal dormi parce qu'elle avait trop mangé la veille. Trop bu aussi probablement. Elle s'était réveillée une première fois vers six heures. Elle avait bu une eau Perrier, avait ouvert la porte aux chats pour qu'ils puissent sortir; ils étaient très agiles, ils descendaient par l'escalier de secours. En fait, ce n'était pas vraiment un escalier de secours, plutôt une échelle : cela ressemblait plus à des barreaux qu'à des marches. Mozart et Rose descendaient les cinq premières puis sautaient sur une branche du petit arbre qu'il y avait dans la cour. Bien sûr, Louise habitait au deuxième mais ce n'était pas vraiment haut.

Elle appela ses chats quand elle se leva; elle n'eut pas de réponse. Elle se dit qu'ils avaient dû sortir de la cour. Ils couraient pas mal depuis quelque temps, ses chats... La saison des amours. Minette reviendrait enceinte et on verrait quatre petits chatons au mois de mars. Louise souhaitait quand même que Minette daigne s'accoupler avec Balthazar. Ce ne serait pas des chats de race pure, mais Louise espérait qu'ils soient très beaux. Si Minette voulait...

Mais Minette ne voudrait jamais. Elle était morte. Mozart aussi.

Vers la fin de l'après-midi, Louise appela encore ses chats. Il faisait froid, c'était assez étonnant qu'ils ne reviennent pas. Elle se pencha par la fenêtre qui donnait sur la cour pour les apercevoir. Elle les aperçut, statues sombres, couchées dans la neige. Elle se dit qu'elle rêvait, les chats n'auraient jamais dormi dans la neige. Elle cria: Mozart! Rose! Mais il n'y eut pas de réponse. Elle ne comprenait pas ce qui se passait; son cœur battait, complètement affolé. Elle prit son manteau et dévala l'escalier. Elle courut vers la cour. Et elle vit ses deux chats morts. Elle cria puis tomba inanimée près d'eux.

Victor l'avait entendue claquer la porte de son appartement et descendre l'escalier. Il se demandait quelle mouche l'avait piquée. Puis il entendit son cri. Il se dit qu'il devait rêver. Quelques minutes après, le téléphone sonnait: Roland l'appelait pour lui dire qu'il avait vu Louise tomber dans la cour, si Victor pouvait aller voir? Victor se précipita. Quand il arriva dans la cour, il comprit ce qui s'était passé. Il s'agenouilla près de la jeune femme, l'attira à lui, l'appuyant sur ses genoux. Il lui passa la main dans les cheveux. Il savait qu'elle reprendrait conscience bientôt. Elle ouvrit les yeux, le regarda abasourdie puis elle vit les chats et comprit qu'elle ne rêvait pas, le cauchemar était réel. Et pourtant ça lui semblait tellement absurde. Elle regardait Victor qui ne disait rien et ses chats qui se taisaient à jamais et elle était assommée de douleur. Elle cria encore puis elle s'abattit dans la neige en pleurant. Victor la prit par les épaules et l'attira contre lui. Elle hoquetait, s'étouffait dans ses sanglots et dans ses cris, elle râlait de souffrance. On lui avait arraché ses entrailles. Victor lui caressait la tête, doucement, très doucement. Il se sentait démuni, impuissant. Qu'est-ce qu'il pouvait lui dire? Rien. Il n'y a rien à dire devant la mort. Mais tout en caressant les cheveux de Louise il se demandait ce qui était arrivé aux chats. Empoisonnés évidemment, mais par qui? Louise cria de nouveau, elle dit: «C'est elle!» Et elle montra le visage souriant de Valérie Langlois dans sa fenêtre. Victor pensa qu'elle allait se lever et courir pour anéantir ce visage, ce sourire inhumain, mais non. Louise regarda la femme longtemps. Elle ne fit pas un geste. Puis elle baissa la tête et recommença à pleurer. Victor lui dit qu'il fallait rentrer, qu'elle allait prendre froid. Elle ne répondit pas. Il attendit un peu puis lui répéta qu'elle devait rentrer. « Et les laisser seuls ? » Victor lui dit qu'ils iraient chez Roland, ils seraient donc tout près et verraient ce qu'il fallait faire. Il n'attendit pas sa réponse, il la souleva, la soutint et se dirigea vers la porte de la cour. Il trouvait Louise étrangement lourde, comme s'il avait tenu une poupée désarticulée.

Roland n'était pas étonné de les voir arriver; il avait été témoin du drame dans la cour. Victor le regarda quand ils entrèrent, comme s'il voulait lui dire qu'il était désemparé, qu'il ne savait pas ce qu'il devait faire. Roland n'était pas plus au courant que Victor, seulement il était plus calme. La tragédie ne le touchait pas directement. Il trouvait cela regrettable mais avait un peu de difficulté à comprendre la souffrance de Louise; des chats, c'est des chats. Non des êtres humains. Quoique, d'un autre côté, Roland n'attachait pas plus d'importance qu'il fallait à l'être humain. En fait, ce qu'il ne saisissait pas, c'était la douleur que causait la mort d'un être, quel qu'il soit.

Roland fit signe à Victor de servir un verre de cognac à Louise. C'était salutaire dans ces cas-là. Il regardait Louise et Louise le regardait mais elle ne le voyait pas. Elle avait l'œil froid. Elle ne pleurait plus. Elle ne parlait pas. Victor parlait avec Roland pour briser le silence, il lui disait que Louise croyait que c'était Valérie Langlois qui avait empoisonné les chats.

« Je ne sais pas si c'est elle mais c'est évident qu'ils ont été empoisonnés; s'il n'en était mort qu'un, on aurait pu croire à une maladie ou un accident, mais là. Je ne veux accuser personne mais c'est fort possible que ce soit notre voisine qui les ait tués.

— Pourquoi dis-tu ça?

— Parce qu'elle en a la possibilité et le motif: elle détestait ces chats parce qu'ils passaient dans sa cour, c'est toi-même qui me l'as dit. Son mari vend des produits pharmaceutiques, c'était facile pour elle de trouver du poison. Une pilule, une poudre...

— Je trouve ça écœurant ! » s'indignait Victor.

Son regard se posait sur Louise qui, elle, était vissée à la fenêtre. Il alla vers elle:

« Louise, il faut faire quelque chose. Reste pas comme ça à regarder, c'est pas bon pour toi. »

Victor avait l'impression que ses paroles sonnaient creux, se répercutaient dans un vide. Roland dit qu'on ne pouvait pas laisser les chats morts dans la cour. Victor le trouva un peu brutal dans ses termes mais il avait raison, il fallait bien faire disparaître les cadavres. Ils étaient déjà gelés. Il dit à Louise d'une voix un peu rauque :

« Écoute, il faudrait enterrer Mozart et Rose. On ne peut pas les laisser dans la cour. »

Elle tourna son visage vers lui, elle soupira :

« Oui, c'est vrai. »

Il reprit :

« Veux-tu que je m'en occupe ?

— Qu'est-ce que tu vas en faire ?

— Je ne sais pas. »

Louise déclara :

« On va les ensevelir dans la cour. Dans sa cour. Juste devant sa fenêtre. Et j'espère que les fantômes de Mozart et Rose viendront hanter ses nuits. »

Victor appréciait plus ou moins l'idée de creuser dans la neige, sous la neige dans la terre durcie, gelée mais il ne tenait pas à contrarier Louise, alors il approuva. Ils quittèrent Roland, montèrent chez Louise, car Victor voulait qu'elle s'habille plus chaudement, et ils redescendirent. Il pelleta puis creusa. Louise flattait les cadavres de ses chats.

Les fosses étaient peu profondes, juste ce qu'il fallait. Victor espérait avoir creusé dans l'emplacement des plates-bandes de la Langlois. Cette femme lui soulevait le cœur. Il s'approcha de Louise, lui dit que c'était le moment. Il prit Mozart, elle prit Rose et ils les déposèrent dans leurs fosses respectives. Victor avait creusé deux trous parce qu'il pensait qu'un seul ferait fosse commune et blesserait Louise. Chez elle, quand elle était allée se vêtir davantage, elle avait pris deux dès qu'elle déposa près des corps. Elle se détourna rapidement pour ne pas voir la terre mêlée de neige tomber sur ses chats.

Quand tout fut terminé, Victor lui demanda s'ils avaient oublié quelque chose. Elle répondit négativement. Ils rentrèrent. Victor lui dit combien il était désolé pour elle. Il lui dit aussi qu'il ne lui proposait rien mais qu'elle pouvait l'appeler si elle avait besoin de lui ou de quoi que ce soit. Elle le remercia. Elle monta chez elle.

Elle regardait son lit et elle y voyait Mozart et Rose se prélasser. Elle regardait sa fenêtre et elle imaginait Mozart ou Rose contempler le ciel. Elle allait dans sa cuisine et elle entendait Mozart ou Rose miauler près du réfrigérateur. Elle trouvait intolérable d'être seule avec eux. Sans eux. Elle aurait voulu mourir. Elle pleura jusqu'à épuisement. Il faisait noir maintenant, c'était le soir. Elle entendit frapper à sa porte, c'était Victor. Il s'inquiétait pour elle. Elle n'avait pas mangé, n'est-ce pas? Est-ce qu'elle avait dormi au moins? Mais il fallait qu'elle mange sinon elle serait malade. Elle lui dit qu'elle avait mal au cœur et qu'elle ne mangerait plus jamais. Victor était désorienté. Louise alla vers lui, elle lui mit la main sur le bras, très doucement:

«Victor, tu peux faire quelque chose pour moi?

—Mais tout ce que tu veux!

—Va chercher Balthazar. Je ne veux pas dormir seule. Il va comprendre, lui. Rose assassinée. Mozart assassiné. Veux-tu?

—Mais oui. J'y avais pensé mais je me demandais si la vue d'un chat ne t'aurait pas fait souffrir. Si c'est ce que tu veux, j'y vais et je reviens. »

Balthazar entra chez Louise rapidement. Il sentait tous les coins, tous les meubles, le lit, les poufs; il passait d'une pièce à l'autre en courant. Il regardait Louise, puis Victor et recommençait à parcourir les pièces. Victor resta jusqu'à ce que Balthazar se calme. Il donna à Louise deux comprimés en lui disant qu'elle devrait les prendre pour mieux dormir. Puis il la quitta.

Elle prit Balthazar dans ses bras et le déposa sur son lit. Elle le caressa longuement en lui racontant ce qui était arrivé. Elle lui jura de venger la mort de Rose et Mozart. Elle s'endormit enfin, les somnifères et l'épuisement venant à bout de sa douleur.

Quand elle s'éveilla le matin, elle regarda Balthazar et se souvint. Elle serra les dents submergée par une vague de chagrin. Puis elle serra les poings, traversée par la colère. Valérie Langlois allait payer.

Louise passa l'après-midi en entier à discuter avec Balthazar de sa vengeance. Pour bien faire, il aurait fallu empêcher Valérie Langlois de boire mais c'était plutôt compliqué. Après maintes réflexions, Louise s'arrêta à une solution. Une très bonne solution.

Voilà longtemps que Louise n'avait pas autant réfléchi. Ce n'était pas dans ses habitudes. Mais pour Valérie Langlois, elle fit un effort spécial. Elle dit à Balthazar : « Viens près de moi. On va trouver la solution ensemble. Une belle punition. On a souvent pensé que je n'étais pas intelligente. Quand j'étais jeune. À l'école. Tout le monde. Ma mère. Une belle salope qui avait tué mes chats. J'avais envie de mourir, ce jour-là, comme aujourd'hui. Il y a juste un professeur, quand j'étais jeune, qui comprenait un peu plus, elle savait que tout ça ne m'intéressait pas. C'était pas parce que j'étais idiote. Ni conne. C'était seulement que ça m'ennuyait. Pour lui faire plaisir, à cette femme-là, je suis arrivée première en mathématiques. Ma mère m'en voulait à mort de n'avoir jamais réussi avant. Ça valait la peine...! »

« Plus tard, j'ai réalisé que mon corps intéressait pas mal plus les gens que les mathématiques. »

« J'ai été à l'école tant que j'ai été obligée. Tout le monde pensait que je continuerais à étudier. J'ai arrêté parce que je n'aimais pas ça, ensuite parce que ça aurait fait plaisir à ma mère. J'ai commencé à travailler comme serveuse. Ça ne me dérangeait pas de faire n'importe quoi. J'savais compter, j'avais un beau cul, c'est tout ce qu'on me demandait. Ça fait longtemps de ça. J'ai pas réfléchi depuis ce temps-là. Presque pas. Le moins possible. Ma mère était snob, Balthazar. Prétentieuse. C'était plus important pour elle de savoir dresser une table et recevoir que d'aimer les chats de sa fille. »

« Valérie Langlois, je vais la tuer, Balthazar. C'est la seule solution que je vois. D'abord parce que je ne peux plus la voir, et qu'elle pourrait te faire mal. Ensuite parce que c'est la seule chose qu'elle mérite. Et ça ne sera pas tellement difficile parce qu'elle est toujours saoule, j'vais attendre qu'elle ait bu sa bouteille pour aller la voir une dernière fois. »

Louise regarda Balthazar et éclata de rire à travers ses larmes.

Elle mangea avec appétit; sa peine était

étouffée pour un temps par son plaisir de vengeance. Quand Victor revint la voir, à la fin de la soirée, il la trouva étrangement disposée. Il s'en étonna. Elle lui dit que c'était grâce à Balthazar. Tant mieux! Si Balthazar la réconfortait, il en était vraiment heureux. Louise ajouta qu'elle ferait n'importe quoi pour ne jamais s'en séparer. Victor sourit mais il n'insista pas. C'était probablement un message mais le moment n'était pas choisi pour parler d'amour à Louise. Il enregistrait néanmoins et lui en parlerait dans quelque temps.

Louise savait comment elle tuerait Valérie Langlois mais elle ne pouvait mettre son projet à exécution immédiatement. Elle attendit donc, une rage joyeuse au cœur. Elle avait eu envie de lui envoyer des lettres anonymes mais elle se dit que c'était dangereux. Elle s'abstint mais elle trouvait cela dommage.

Elle s'attachait de plus en plus à Balthazar. Elle savait que Victor ne s'en séparerait jamais. C'était vrai qu'elle ferait n'importe quoi pour ne pas le quitter, ce chat merveilleux.

Louise réfléchit une seconde fois quelques jours plus tard. Elle réfléchit et décida de répondre aux propositions de Victor. Il n'était pas moins bien, pas mieux qu'un autre, mais il avait un chat. Elle acceptait de sortir avec lui, sachant très bien qu'il ne lui laisserait pas Balthazar indéfiniment. Elle monta chez Victor pour lui faire part de sa décision. De toute façon, ça ne la dérangeait pas. Quand il la vit entrer, elle semblait si résolue qu'il attendait avec appréhension qu'elle explique la raison de sa visite.

« J'suis venue pour savoir si tu voulais toujours qu'on soit ensemble ?

— Qu'est-ce que tu dis ?

— Ce que je dis : veux-tu qu'on reste ensemble ? »

Et elle le regardait attentivement pour la première fois. Elle se dit que ça ne la dérangerait pas trop de vivre avec lui.

Victor avait du mal à avaler, il ne bougeait

pas, fixait Louise, attendait que le mirage s'évanouisse. Mais non. Le mirage parlait:

« Tu veux ou pas?

—Bien sûr que je veux. »

Et il ne savait pas quoi faire, il croyait que tout cela se passerait de manière plus romantique. Qu'est-ce qu'on faisait quand on sortait avec une fille? Il finit par faire une phrase complète. Il lui proposa d'aller souper à l'extérieur pour fêter ça. Elle dit d'accord. Mais qu'elle devait se changer. Il lui dit qu'elle était très bien comme ça. Qu'elle était toujours belle. Et des tas d'autres choses dans ce goût-là. Elle descendit pour se changer quand même. Elle serait prête dans vingt minutes.

Victor choisit le meilleur restaurant de la ville, L'Aïeul, pour célébrer l'événement. Il ne comprenait pas ce qui avait poussé Louise à prendre cette décision mais peu lui importait. Désormais lui, Victor Moreau, serait un homme heureux. Qui comblerait une femme d'attentions. Il devait lui expliquer que ses intentions étaient honnêtes. Que ce n'était pas pour coucher qu'il voulait sortir avec elle. Il en avait envie, c'est sûr, mais ce n'était pas le but visé. Victor avait une haute conscience morale, à cette époque.

Il expliqua tout ceci à Louise. Elle n'eut pas de réaction. Elle avait l'air indifférente au fait qu'il ait une aventure avec elle ou qu'il l'épouse. Ce qui lui importait, à elle, c'était qu'ils vivent ensemble. Victor le désirait sincèrement mais il voulait régulariser leur union.

« Pourquoi ? demanda-t-elle.

—Parce que ce sera mieux pour toi.

—Je ne vois pas ce que ça m'apporterait de plus d'être mariée. »

Elle était très sincère en disant cela. Il lui semblait que ce serait bien compliqué aussi de se marier; ça ferait un tas de problèmes. Elle mangeait avec appétit; elle avait choisi des filets de saumoneau, un consommé aux cailles, des écrevisses en timbales, du canard, une salade de cresson, et elle bouffait le tout avec plaisir. Victor avait moins faim qu'au moment où il avait fait son choix et cela n'avait rien à voir avec ce qu'il y avait dans son assiette. Si Louise n'était pas plus empressée à l'épouser, c'est peut-être qu'elle ne comptait pas passer toute sa vie avec lui.

Il fallait absolument qu'il l'épouse. Il ne savait pas pourquoi il avait décidé de se marier avec Louise, mais maintenant que sa décision était prise, il y tenait plus qu'à tout. Il dit à Louise qu'il voulait qu'ils se fiancent pour son anniversaire, en février. Cela leur laissait un mois. Elle dit que ça ne la dérangeait pas, s'il y tenait tant.

Ils burent du champagne. Louise aimait beaucoup le champagne, Victor moins. Il aurait voulu parler davantage des fiançailles mais il craignait qu'à force d'insister, Louise puisse tout aussi bien changer d'idée. Elle était tellement insaisissable! Elle lui demanda si elle pouvait garder Balthazar jusqu'à leurs fiançailles. «Ça me fera penser à toi.» «Oh que oui!» Si Balthazar lui rappelait son existence, il le laisserait chez Louise, toujours chez Louise. Il lui dit qu'ils pourraient avoir un autre chat quand ils seraient mariés. Après tout, les chats aussi ont le droit d'être heureux en ménage, même s'ils lui faisaient de ces petits qui l'impatientaient tant. Elle trouvait l'idée bonne. Elle-même avec Mozart et Rose... Elle ne termina pas sa phrase. Vic lui prit la main:

«Ça te fait tellement de peine, je voudrais faire quelque chose. Je pense que je sais pourquoi la folle les a tués.

—Pourquoi?»

Et les yeux de Louise brillaient. Étrangement. «Parce que Mozart était en chaleur. Elle s'est plainte assez souvent d'entendre miauler les chats. Ça doit être pour ça. Tu ne te souviens pas qu'elle nous en avait parlé à l'épicerie quand on l'a rencontrée un soir que j'étais allé te chercher au restaurant? Elle faisait exprès de parler très fort avec la caissière, elle se plaignait qu'elle avait des voisins mal éduqués. Tu t'en souviens?

—Non.

—Mais on était ensemble!

—C'est possible, mais j'écoutais pas. J'devais être distraite. En tout cas, elle ne s'en tirera pas comme ça.»

Victor regarda Louise avec curiosité: «Qu'est-ce que tu vas faire?

—Je sais pas. Mais je vais trouver. J'vais la tuer.»

Victor sourit:

«Oui. Mais ce n'est pas si simple. Sérieusement, vas-tu la poursuivre? Tu dois avoir des possibilités juridiques, la traîner en justice?

—Oh non. C'est trop compliqué. Faudrait voir trop de gens. J'voudrais qu'elle souffre! Oui. J'voudrais qu'elle crie.

—C'est vrai que c'est abominable ce qu'elle a fait. Mais c'est une folle, une ivrogne. Elle ne devait pas être tout à fait consciente quand elle a fait ça. Elle n'est pas normale.»

Louise conclut:

«C'est son problème!»

Victor trouvait que Louise était dure. Mais il comprenait sa douleur.

Sur le chemin du retour, comme Louise avait froid, Victor passa son bras autour d'elle. Ça ne la dérangeait pas. Il lui demanda s'il pouvait annoncer l'heureuse nouvelle. Elle faillit lui dire quelle nouvelle, mais se retint. Elle lui dit que oui. Il la prit dans ses bras et l'embrassa quand ils passèrent sous une porte cochère. Victor trouvait ça très romantique. Elle se laissa faire. Il l'embrassa doucement puis il s'enhardit; il l'embrassait comme un fou, partout. Sur les yeux, sur le nez, dans le cou, dans les cheveux. Et cette bouche! Il pressa ses lèvres contre les siennes, força la bouche à s'ouvrir, la langue à se donner. Louise s'y prêtait de bonne grâce. Il reprit ses esprits, il s'excusa de s'être laissé emporter. Louise trouvait qu'il en mettait un peu trop. Il charriait avec son romantisme. Elle lui dit que ce n'était pas très grave. Qu'elle en avait vu d'autres.

« C'est vrai, Louise... Je ne te connais presque pas. As-tu eu beaucoup d'amoureux avant moi?

— Non. J'en ai jamais eu.

— Vraiment? »

Et Victor s'étonnait, ravi. Et Louise gâcha sa joie en ajoutant qu'elle avait eu des hommes, pas mal d'hommes, mais que ce n'étaient pas des amoureux. Victor n'aimait pas tellement quand elle parlait comme ça. Aujourd'hui c'est étonnant comme les filles ont un langage cru! Ça le choquait, il faut l'avouer. Louise avait le don de le mettre mal à l'aise. Quand elle avait dit qu'elle voulait tuer Valérie Langlois, il y aurait presque cru, elle avait l'air de le penser vraiment. Il se dit que tout ça se tasserait quand ils seraient mariés; la douceur d'un foyer lui serait salutaire. Victor croyait à un tas de choses dans ce genre-là.

Quand ils annoncèrent leurs fiançailles à Roland, il les félicita. Sans plus d'émotion ou de surprise. Il était complètement indifférent. Victor en fut blessé; après tout, Roland était un bon ami pour lui. Il se dit qu'il devait être jaloux, l'envier. C'est vrai que Louise était si charmante! Leur bonheur devait raviver ses plaies, Roland-n'avait-jamais-surmonté-la-perte-de-sa-femme. Ils virent ensuite madame Gauthier qui, elle, fut positivement ravie de cette nouvelle; enfin un mariage dans l'immeuble! Elle leur dit même de ne pas hésiter si elle pouvait les aider en quoi que ce soit, elle se ferait un plaisir. Victor tint absolument à ce que Louise soit à ses côtés quand il téléphonerait chez ses parents. Louise ne voyait pas pourquoi. « Je veux que tu saches combien je suis heureux! » Elle avait dit d'accord, mais ça pourrait attendre à demain matin. Oh non! C'était beaucoup trop important! Ils téléphonèrent donc; Louise qui regardait Victor comprit que ses parents étaient aussi satisfaits que lui. Il leur promit d'aller les voir avec Louise aussitôt qu'ils seraient libres. Il proposa ensuite à Louise d'appeler les siens. Elle lui dit que ce n'était pas nécessaire. Que ça n'intéressait pas ses parents, ce genre de choses. Victor ne savait pas quoi dire, il croyait que c'était très triste pour elle que cette indifférence. Il n'insista pas.

Ils allèrent chez les parents de Victor la semaine suivante. Louise trouvait que Victor était pressé et, de plus, elle n'avait aucune envie d'aller là-bas. Elle consentit à s'y rendre à condition qu'ils reviennent dans la même journée. Elle ne voulait pas laisser Balthazar seul trop longtemps. Victor pensa qu'elle avait été traumatisée par la mort de Mozart et de Rose et qu'elle craignait, malgré l'invraisemblance, que Balthazar subisse le même sort qu'eux. Il accepta donc de revenir le soir même.

Ils furent super-bien accueillis. Par hasard toute la famille était là. Louise pensa qu'ils ressemblaient à Victor. Ils parlaient de la même façon. Heureusement, il y avait un chat. Qui était très gros et très gentil. Du moins avec elle. La mère de Victor s'étonna que Louise puisse le prendre; elle expliqua que ce chat était sauvage, qu'on ne pouvait guère le flatter. Victor sourit, fit un clin d'œil à Louise et se tournant vers sa mère : « Oui, le chat est sauvage, mais Louise a un don avec les chats. Tous les chats l'aiment. » Ils restèrent au salon tout l'après-midi; ils burent du café et grignotèrent des petits gâteaux que madame Moreau avait faits la veille, en prévision de leur visite. Louise ne parla pas beaucoup. Il fallut cependant expliquer à cette famille unie que la sienne ne l'était pas. Qu'il était parfaitement inutile de songer à les inviter pour faire connaissance. Louise ne tenait pas à leur présence. Elle leur envoyait ses vœux de bonne année, téléphonait aux anniversaires, était allée cette année à Noël et, décidément, ils n'avaient rien à se dire. Alors, inutile d'insister. Louise avait l'air si convaincue que Victor et sa famille n'insistèrent pas, justement. Louise et Victor restèrent à souper. Ils mangèrent le traditionnel poulet rôti avec sauce aux canneberges et petits pois. Et du gâteau au chocolat au dessert. On décida à ce moment du repas la date des fiançailles. Louise avait envie de dire qu'elle s'en foutait. Mais elle garda cette impression pour elle. Ils fixèrent la date au 12 février, un samedi. L'anniversaire de Victor était le 13, on fêterait les deux événements ensemble. Louise trouvait que c'était pas mal rasoir tout ça.

Ils prirent l'autobus de huit heures. Louise avait hâte de se retrouver dans ses affaires, avec Balthazar. Victor était toujours aussi parfaitement heureux, ses parents lui ayant dit que Louise semblait bien aimable, discrète, qu'elle savait se tenir. C'était juste regrettable qu'elle soit en froid avec sa famille. Au mariage ce serait un peu embêtant... Victor commença à écrire la liste des invités dans l'autobus. Louise pensait qu'il invitait pas mal trop de gens mais elle ne dit rien, songeant qu'elle mettrait le holà lors du mariage. Victor suggéra de recevoir chez lui, Louise l'approuva. Victor suggéra que Roland soit son témoin au mariage. Louise l'approuva. Victor dit qu'ils devraient songer à leur voyage de noces, Louise n'approuva pas. Elle lui objecta qu'ils auraient deux chats à ce moment et qu'il n'était pas question de les abandonner. Ni de les conduire chez le vétérinaire où ils déprimeraient.

Victor lui répondit qu'il ne fallait pas devenir fous pour des chats, si beaux soient-ils. Elle lui dit que rien ne la ferait quitter Balthazar, qu'il se le tienne pour dit. Victor essaya de la raisonner. Elle refusa de se laisser convaincre. Il conclut mi-fâché, mi-souriant qu'elle ferait sûrement une bonne mère puisqu'elle était aussi maternelle avec des chats. Louise pensa qu'il n'y avait aucun rapport. Premièrement parce que ses chats, ce n'étaient pas des enfants mais ses amis, deuxièmement parce qu'elle n'aurait pas d'enfant.

Le 12 février, il y eut pas moins de vingt personnes chez Victor; ses parents, ses collègues. Louise invita Johanne pour lui faire plaisir. Elle n'invita pas Bettina; elle ne l'aimait pas. Il y aurait assez de gens qui l'énerveraient ce jour-là, elle n'allait pas en rajouter! Au moins, il y aurait du champagne.

Effectivement, il y eut du champagne. Victor porta un toast a cette femme qui voulait bien partager sa vie et qu'il promettait de rendre heureuse. Ils burent tous en chœur.

Louise ne pensa pas à porter un toast à Victor. On mit cela sur le compte de la timidité. Victor offrit une bague de fiançailles à Louise. Miraculeusement, elle n'avait pas oublié ; elle lui donna un jonc. C'est Johanne qui lui avait fait penser. Victor fut très ému. Tous ses collègues voulurent embrasser la fiancée, et tous les gens présents le félicitèrent. Elle était plutôt belle.

Quand tous furent partis, assez tard le soir, Victor prit Louise dans ses bras et lui dit qu'il avait une autre surprise pour elle. Que la surprise était chez elle. Elle descendit, suivie de Victor. Elle trouva sur le lit une petite boule de poil beige et brun. Une petite boule aux yeux bleu porcelaine, bleu Vermeer, bleu poudre, bleu... Et qui la regardait avec ses yeux bleus, étonnée. La petite boule cracha, siffla, gronda. Louise caressa la petite boule. La petite boule consentit à ronronner. Louise était contente, mais tellement contente ! Elle se jeta au cou de Victor pour le remercier et l'embrassa pour la première fois de façon sincère. La petite chatte siamoise était ce qu'il y avait de mieux dans la journée. Elle le dit à Victor.

« Vraiment, Louise, tu n'aimes pas mes collègues ?

— Je n'ai pas dit ça. J'aime pas voir beaucoup de gens à la fois. J'sais pas quoi leur dire. » Elle reprit : « Au restaurant, j'aime ça, j'suis pas obligée de me forcer, les gens commandent, ils ne parlent pas. J'suis pas obligée de leur faire la conversation. »

Victor la serra contre lui et lui promit en riant qu'ils ne verraient plus personne quand ils seraient mariés. Juste eux et les chats. Désignant la petite chatte : « Comment vas-tu l'appeler ? » Louise et lui se mirent à chercher un nom pour la boule de poil. Ils l'appelèrent Stella. Ils constatèrent que Balthazar n'était pas agressif, car il semblait plus s'amuser que se troubler de la présence d'une congénère. La petite femelle le faisait rigoler.

La vie reprit son cours normal, Victor se fit à l'idée qu'il était heureux. Louise continua à ne pas réfléchir et Roland à vouloir être insensible à ce qui se passait autour de lui. Il sortait plus souvent la nuit. Mais ne tuait pas. Ce n'était pas l'envie qui lui manquait. Les fiançailles de Victor et Louise l'avaient surpris malgré l'indifférence qu'il affichait. Il ne comprenait pas pourquoi Louise éprouvait le besoin de se marier, il lui semblait que ce n'était pas son genre. En tout cas, ce n'était pas le genre de Victor, quand il se rendrait compte de sa bêtise, il serait trop tard. Ce n'est pas que Roland n'aimait pas Louise, c'est seulement qu'il était évident qu'elle n'avait rien à faire avec Victor. On l'avait bien vu aux fiançailles, elle semblait étrangère à tout ce qui se produisait, tout ce qui se disait autour d'elle. On aurait cru qu'elle était une invitée.

Louise n'oubliait pas son projet de tuer Valérie Langlois. Elle étudiait le moment propice et attendait un certain temps pour qu'on ne puisse pas faire le lien avec elle. Elle avait remarqué que son mari, toutes les deux semaines, partait quatre jours consécutifs. C'est à ce moment-là que Louise devait frapper. On ne découvrirait pas le meurtre immédiatement. Louise savait qu'elle aurait besoin d'un couteau; elle alla au centre d'achats où elle acheta plusieurs assiettes parmi lesquelles se glissa subrepticement un couteau de cuisine. Qui ferait l'affaire, elle l'espérait. Louise avait plutôt hâte de tuer Valérie Langlois. Depuis qu'elle avait eu Stella en cadeau, elle craignait pour elle et pour Balthazar. Évidemment elle ne les laissait pas sortir dans la cour, mais que ferait-elle cet été? Les chats voudraient sortir... Le mieux était de tuer Valérie Langlois. De toute façon ce ne serait pas une grosse perte pour l'univers. Louise était prête à parier que son mari en serait reconnaissant.

Le jour propice fut un jeudi. Monsieur Langlois revenait le lundi. C'était parfait. De plus, la fin de semaine, les gens sont tellement occupés à sortir que personne ne s'inquiéterait de ne pas voir Valérie Langlois. Louise pensait à madame Boutet, à l'épicière, les deux seules personnes qui avaient un rapport plus intime ou plus fréquent. Trop occupées! Quand monsieur Langlois rentrerait, il trouverait un cadavre pour lequel il n'y aurait plus rien à faire.

Louise attendit qu'il fasse nuit. Elle sortit par la fenêtre, atteignit l'escalier de secours. Elle ne fit aucun bruit. Mais Roland l'entendit parce qu'il se préparait à sortir également. Il regarda où elle allait, et la vit avec étonnement entrer chez Valérie Langlois. D'autant plus étonnant qu'elle entra par la fenêtre, ce qui était un jeu d'enfant 1) parce que Valérie Langlois avait le sommeil assez lourd, en raison de la quantité d'alcool qu'elle absorbait dans une journée, 2) parce qu'elle habitait au premier étage. Roland sortit, lui aussi, malgré le danger que cela représentait pour lui. Il se dissimula dans an coin de la cour, sous une galerie, et attendit. Il resta là un temps qui lui parut infini.

Ce même temps ne parut pas si long à Louise. Quand elle eut pénétré chez Valérie Langlois, l'empoisonneuse de chats, elle s'arrêta quelques minutes pour écouter le silence. Rien ne bougeait. Sa victime dormait donc, comme elle l'avait supposé. Louise se familiarisa avec les lieux; décidément l'architecte qui avait dessiné les plans de l'immeuble devait s'être inspiré de celui où elle habitait; la disposition des pièces était identique. Elle conclut rapidement que la chambre où dormait Valérie Langlois était celle qui donnait sur la rue. Louise croisa les doigts, souhaitant que la folle ait fermé ses rideaux. Elle avait fermé ses rideaux. Et elle dormait. Louise s'approcha du lit, prit un oreiller, le plaqua contre le visage de la femme et pressa, pressa... Madame Langlois se débattit mais Louise était vraiment plus forte et plus en forme. Et réveillée aussi. Valérie Langlois cessa bientôt de se débattre. Elle eut quelques soubresauts puis ne bougea plus. Louise attendit encore un peu, puis elle retira l'oreiller. Ce n'était pas très beau. En tout cas, contrairement à ce qu'on lit dans les romans, Louise ne trouva pas cet air d'effarement et d'horreur commun aux victimes de meurtre. Valérie Langlois avait l'air aussi idiote morte que vivante. Louise poursuivit sa tâche. Elle sortit le couteau de cuisine qu'elle avait volé et elle lacéra les seins de Valérie Langlois. Elle fit des croix un peu partout, sur son corps. C'était plus ou moins réussi mais ça donnait l'illusion. Elle marqua également les cuisses de sa victime. Elle laissa le couteau entre les jambes. Elle quitta sa victime.

Roland vit Louise sortir de chez sa voisine

vers deux heures du matin. Il la vit remonter chez elle par l'escalier de secours. Il attendit un peu pour être certain qu'elle ne ressortirait pas puis il grimpa à son tour par l'escalier.

Victor avait cru entendre du bruit chez Louise. Il craignit un cambrioleur. Il se leva, regarda par la fenêtre. Tout avait l'air tranquille chez Louise. Il se disait qu'il avait rêvé quand il vit une silhouette sortir du dessous d'un balcon. Cette silhouette qui se glissait silencieusement dans la cour était celle de Roland. Victor se frotta les yeux, il rêvait. Mais c'était bien Roland. Roland... Roland l'infirme! Victor, le premier moment de surprise passé, s'indigna. Il avait rarement été aussi en colère; ainsi donc, on lui jouait la comédie depuis le début, on riait de lui, on acceptait les belles petites planches dans l'escalier pour se déplacer avec une chaise roulante dont on n'avait aucunement besoin! Victor décida d'aller voir Roland sur-le-champ. Puis il se ravisa. Il démasquerait Roland devant Louise. Il avait hâte de voir la tête de son voisin... Lui qui voulait bien être le témoin de Victor au mariage! Il avait été touché d'être choisi. Eh bien, il serait touché d'être découvert, Victor se le promit! Quand Louise saurait ça!

Quand Louise saurait qu'il l'avait vue sortir en pleine nuit, qu'est-ce qu'elle dirait? se demandait Roland. Pourquoi était-elle sortie? Il lui demanderait.

Le lendemain, Victor s'était rongé les sangs jusqu'à cinq heures. Louise travaillait et il attendait qu'elle termine pour aller la chercher et l'amener chez Roland. Ce n'est pas tous les jours qu'on voit des miracles! Il fallait en profiter. Il se rendit au restaurant vers cinq heures et quart. Il l'attendit un quart d'heure. Quand il lui passa son manteau, il lui dit :

« J'ai une nouvelle terrible à t'annoncer!

—Qu'est-ce qui se passe? Pas les chats? fit-elle, inquiète.

—Mais non! »

Et comme il lui répondait négativement, Louise se dit que c'était évident qu'il ne s'agissait pas des chats, Valérie Langlois était morte. « Mon Dieu! Si c'était ça la nouvelle? Son mari serait revenu? Pourquoi? Il ne devait pas revenir. » Victor continuait :

«Tu ne devineras jamais!»

Louise, agacée autant qu'anxieuse, poussa un bruyant soupir:

«Mais quoi? Vas-tu me le dire?»

Victor ne percevait pas l'impatience de Louise, il lui dit:

«Mais non! Justement, on va aller voir ma nouvelle. Ma nouvelle en bonne santé...»

Louise ne comprenait absolument pas ce qu'il voulait dire mais elle se rassura en songeant que Victor avait le don d'amplifier les choses.

Il faisait froid dehors. Très froid. Trop froid. Les gens devenaient enragés à force de geler. On s'habillait autant qu'on pouvait et on avait l'impression que ça ne donnait rien, que le froid riait de ces efforts inutiles. Le soleil qui ne servait strictement à rien narguait les passants qui lui en voulaient. C'était une situation intolérable qu'on devait tolérer. Victor et Louise marchaient très rapidement. Louise s'arrêta pour demander à Victor où ils allaient. «Chez nous», répondit-il. Ils marchèrent au pas de course jusqu'à l'immeuble. Même si Victor avait l'air réjoui, Louise trouvait qu'il semblait plus décidé qu'à l'ordinaire. Ça devait être une bonne nouvelle, une promotion peut-être? Quant à elle, elle s'en fichait éperdument.

Ils ne montèrent pas chez eux; ils s'arrêtèrent chez Roland. Victor ne frappa même pas. Il entra comme si c'était chez lui. Louise trouva cela étonnant. Victor regarda Roland, puis, se tournant vers Louise, il lui dit en désignant Roland qui regardait Victor, interloqué:

«Ma chère Louise, tu vas assister à un miracle digne de Lourdes, Roland va marcher pour toi. N'est-ce pas, Roland? déclara Victor.

—Je ne comprends pas ce que tu veux dire, Victor. Tu sais très bien que je ne marche pas.»

Victor se frottait les mains et il dit avec un sourire forcé:

«Pas le jour, mais la nuit, c'est formidable comme tu as de la facilité à te balader dans les escaliers de secours.»

Et il attendit de voir le visage de Roland se décomposer. Roland se tut. Il regarda Louise. Pas Victor. Il songea un instant que c'était

Louise que Victor avait aperçue. Mais il garda ceci pour lui. Il nia ce que Victor affirmait. Victor devint rouge de colère. Pour une fois, il ne souriait plus. Louise était interdite; elle avait la désagréable impression que Roland l'avait vue dans la cour. Victor engueula Roland qui ne dit toujours rien. Il considérait que, dans ces cas-là, on en dit toujours trop. Il fallait qu'il parle à Louise rapidement toutefois. Elle se disait exactement la même chose. Ils n'interrompirent pas Victor dans ses éclats et, quand il eut vidé son sac, Louise qui n'avait rien dit depuis qu'ils étaient entrés le prit par la manche et, le tirant vers elle, lui dit qu'elle préférait sortir, elle en avait vu assez. Victor lui répéta que c'était incroyable, que Roland mentait, qu'il l'avait vu marcher. Louise dit: «Oui, oui, je sais, je te crois, mais allons-nous-en.» Victor crut que c'était la trahison de Roland qui l'écœurait et qu'elle ne voulait plus le voir, aussi accéda-t-il à ses désirs et ils sortirent. Louise confia à Victor qu'elle voulait penser à tout cela à tête reposée et qu'elle allait prendre un bain, que sa journée au restaurant avait été épuisante, avec l'histoire de

Roland par-dessus, elle en avait la tête qui tournait. Victor lui dit « pauvre chérie » et qu'elle se repose bien. Il irait au cinéma en vieux garçon pour se changer les idées; les mensonges de Roland étaient tellement épouvantables! Est-ce qu'elle le croyait au moins? Mais oui. Il la quitta sur le pas de sa porte en l'embrassant dans les cheveux. Il lui souhaita bonne nuit.

Elle entra chez elle, en proie à une vive agitation: qu'est-ce que Roland avait vu? S'il ne l'avait pas regardée au moment où Vic l'accusait de se balader la nuit, elle n'aurait jamais su qu'il l'avait vue. Mais s'il s'était tu, c'était qu'il savait quelque chose. Sûrement pas qu'elle avait tué Valérie Langlois parce qu'elle l'aurait su. Il l'aurait appris par les journaux ou par les voisins. Mais le meurtre n'avait pas été découvert, il s'agissait donc d'autre chose. De quoi? Louise se félicitait que la chambre de la victime se fût située du côté de la rue, eût-elle donné sur la cour que Roland aurait pu tout voir.

Elle attendit que Victor se rende au ciné pour aller voir Roland. Qui l'attendait. Elle entra sans frapper, sans faire de bruit. Miss

Van Ilen était venue tôt ce soir-là, ils avaient donc tout le temps de s'expliquer. Louise hocha la tête :

« Oui, mais Victor revient du cinéma à neuf heures et quart. »

Roland inclina la tête :

« On se sera tout dit avant, n'est-ce pas ?

— Oui. Si j'ai bien compris, tu marches ?

— Qu'est-ce que tu en penses ?

— Je pense que oui. J'me demande pourquoi tu restes en chaise roulante. Tu dois avoir une très bonne raison. »

Roland était silencieux. Il y avait dans cet appartement deux personnes qui avaient beaucoup de choses à se dire mais qui étaient aussi muettes l'une que l'autre. Il faudrait bien que quelqu'un se mouille. Roland pensa qu'il pouvait parler. Victor était tellement affirmatif qu'il s'empresserait sûrement d'annoncer le miracle à toute la ville. Seule Louise pouvait l'en dissuader.

« C'est vrai que je marche, chère voisine, et quand je saurai pourquoi tu te baladais dans la cour hier soir, pourquoi tu es entrée chez Valérie Langlois d'une manière étrange, je t'expliquerai pourquoi je dois être infirme. »

167

Louise se mordit les lèvres:

«Je suis allée chez Valérie Langlois pour la tuer.»

Roland leva les yeux rapidement sur Louise:

«Et alors? Tu l'as tuée?

—Non, elle était déjà morte.»

Roland eut un sursaut:

«Morte? Comment morte?» Louise, candidement, raconta: «J'suis allée dans sa chambre, j'étais sûre de trouver une bouteille où j'aurais pu mettre du poison, de la digitaline, j'sais qu'elle en prend; elle s'est plainte assez souvent à l'épicerie de son pauvre cœur et que son mari ne la comprenait pas, qu'il ne voulait pas lui donner des médicaments.

—Mais toi, où tu l'avais prise la digitaline?

—Au restaurant. Monsieur Tchou est cardiaque. Il a une peur bleue que son cœur s'arrête de battre.

—Puis, qu'est-ce qui est arrivé?

—Bon, j'voulais mettre la digitaline dans sa petite bouteille d'alcool, étant certaine qu'elle boirait le lendemain en se levant; je me suis approchée du lit pour voir si elle dormait vraiment. Qu'est-ce que je vois? un cadavre! J'ai failli hurler de peur. J'me demande comment j'ai fait pour me contrôler. C'était écœurant; on l'avait étranglée, sa figure avait une drôle de couleur, puis on l'avait coupée un peu partout.

—Coupée?»

Louise affirma:

«Oui, des entailles sur ses seins, sur ses jambes. Une vraie boucherie! J'suis sortie en vitesse. Quand j'y repense, je m'aperçois que je l'ai échappé belle: l'assassin devait être parti pas très longtemps avant que j'arrive. Si je l'avais rencontré, il m'aurait bien tuée, moi aussi. J'suis conne parce que j'aurais pu voir les traces dans la cour et comprendre que quelqu'un était entré par la fenêtre avant moi. J'y ai repensé après.»

Roland examinait Louise avec attention:

«Je te trouve bien calme pour une fille qui a découvert un cadavre sanglant...

—Qu'est-ce que tu veux dire?

—Rien. Ce que je dis. Ça n'a pas l'air de te déranger.

—Franchement, ça ne me fait pas de

169

peine qu'elle soit morte. Ça m'a même évité de la tuer. Sur le moment, j'ai été saisie, mais après... Ce ne sont pas mes problèmes.

—C'est là que tu fais erreur! annonça Roland.

—Ça veut dire?

—Ça veut dire que Victor, quand ils vont découvrir le crime, ne manquera pas de penser que c'est moi, puisqu'il m'a vu dans la cour vers la même heure que toi. Et tu sais sa secrète ambition d'arrêter le maniaque! D'être un héros. Et ce n'est pas tout, il me hait parce que je lui ai joué la comédie de l'infirme. L'occasion est trop belle pour lui; il va avoir découvert Jack l'Éventreur!

—T'as raison. Comme je le connais, il va avoir envie de jouer au justicier.

—Sauf qu'il ne le fera pas.

—Ah non? Comment tu vas l'empêcher?

—Ce n'est pas moi qui vais l'empêcher de parler, c'est toi.

—Moi?

—Oui. Si Victor me dénonce comme le meurtrier, s'il parle même du miracle, je te dénonce. Puisque nous étions tous les deux dans la cour hier soir, ça peut être toi autant que moi qui as fait le coup. D'ailleurs, rien ne me dit que ce n'est pas toi qui as assassiné Valérie Langlois. N'est-ce pas? Je n'ai pas de preuve de ton innocence.» Il ajouta en souriant : «Et je trouve plutôt étrange cette coïncidence qui fait que tu décides précisément de tuer quelqu'un qu'on a assassiné avant toi. Tu es très chanceuse. Je suis sûr que je ne serais pas le seul à m'étonner du hasard. Les enquêteurs s'y intéresseraient certainement ...»

Louise ne sourcilla pas, elle se passa la main dans les cheveux :

«Ça se tient. Le seul problème c'est de faire taire Victor.

—Oui. Et on ne peut pas le tuer. Deux meurtres dans le même immeuble, c'est trop. Quand est-ce qu'ils vont découvrir le corps d'après toi?

—Pas avant lundi. En tout cas, son mari ne revient que lundi.

—Ça te laisse largement le temps de convaincre Victor.

—Qu'est-ce que je vais lui dire?

—Ce que tu voudras. C'est ta peau et la mienne qui en dépendent.»

Ils se turent tous les deux. Roland reprit

après quelques instants de réflexion :

« Dis-lui que tu romps les fiançailles s'il parle. Ça devrait marcher. Il tient tellement à toi !

—C'est vrai. Mais de là à camoufler un meurtre ?

—Oh ! je crois qu'il va se taire. Il a annoncé les fiançailles à tout le monde. Il est fier comme un coq qu'une belle fille accepte de l'épouser. Ça lui serait très pénible de renoncer à toi. Très pénible.

—De toute façon, je ne vois pas ce que je pourrais lui dire d'autre pour qu'il se taise. Quelle merde ! »

Roland hocha la tête affirmativement : « Oui, mais pourquoi voulais-tu tuer Valérie Langlois ? Ça me surprend.

—Parce qu'elle a empoisonné mes chats. Je ne voulais pas qu'elle fasse la même chose avec Stella et Balthazar.

—Ça ne te dérange pas plus que ça de tuer ?

—Non. J'avais une bonne raison. »

Roland admirait Louise :

« Moi non plus, je n'ai rien contre le meurtre. Même si je savais que c'était toi qui avais tué notre voisine, ça ne me dérangerait pas. On se reparlera de tout ça une autre fois; je crois que Victor ne tardera pas à rentrer.

—Oui. Je vais monter. La prochaine fois, tu me raconteras pourquoi tu ne marches pas... Si on essayait de convaincre Victor qu'il a rêvé?

—Impossible, Louise... Il est capable de me faire examiner par des médecins. Si je ne marche pas, aux yeux du corps médical, c'est en raison d'une incapacité mentale; j'ai un blocage, un traumatisme. Je suis marqué par la mort de ma femme... Mais si Victor va raconter que je marche, ils vont l'appuyer. Déjà qu'ils ont de la difficulté à me croire...

—Mais comment as-tu pu les abuser?

—Je te raconterai tout ça en détail une autre fois. Victor va arriver. S'il te surprend ici, ça n'arrangera rien.

—Oui, t'as raison, j'y vais.»

Et elle referma la porte derrière elle. Roland émit un sifflement admiratif, cette petite avait vraiment du culot... Mais il fallait absolument qu'elle convainque Vic de fermer sa grande gueule. Roland pensa qu'il aimerait bien se retrouver seul avec elle. Il s'amuserait d'une certaine façon...

Quand Victor revint du cinéma, il trouva sous sa porte une petite carte, semblable aux cartons d'invitation à des cocktails. C'était une invitation à se taire.

« Cher Victor, pourrais-tu venir me voir demain matin, pour déjeuner ? D'ici là, ne parle à personne de Roland. C'est très important pour moi. Louise. »

Victor retourna la carte dans ses mains ; il ne savait pas quoi en faire. Il se demandait ce que tout cela signifiait mais il avait le pressentiment que ça ne voulait rien dire de bon pour lui. Néanmoins, il était tard, il n'avait pas envie de déplaire à sa fiancée, aussi, au lieu d'aller relancer Roland ou de parler à madame Gauthier comme c'était son intention, il se coucha. Il ne trouva pas le sommeil immédiatement. Il repensa à l'attitude de Louise quand ils étaient chez Roland ; elle semblait étonnée mais absolument pas choquée. Un peu plus, elle aurait ri comme à une bonne blague. Et cette rapidité avec laquelle elle l'avait entraîné hors de l'appartement! Louise l'étonnait toujours par un comportement original, mais, cette fois-ci, il voulait comprendre. Quand il trouva le sommeil, il s'accompagna de cauchemars en tous genres.

Il descendit rapidement chez Louise. Elle était éveillée depuis longtemps. Si elle avait bien dormi? Mais oui, pourquoi? Effectivement, elle semblait fraîche et dispose. Elle avait même l'air enjoué. Il se dégageait d'elle une telle atmosphère de sérénité que Victor se dit qu'il s'était tourmenté pour rien, que Louise expliquerait son message et que Roland serait confondu. Ce dernier avait d'ailleurs raison quand il prétendait que Victor montrait un empressement ridicule à jouer les Zorro. Arrêté par sa politesse, il n'interrogea pas Louise immédiatement, il attendit que le café soit servi.

« J'ai eu ton message, hier soir... Je ne comprends pas ce que tu voulais dire. Ne pas parler de Roland?

—Oui, c'est ça, ne parler de Roland à

personne. Faire comme si tu ne l'avais jamais vu marcher. »

Victor cria plus qu'il ne dit :

« Quoi ? Mais es-tu folle ? Voyons, Louise, il rit de nous depuis des mois !

— Ça, je m'en fous. Ce que je veux, c'est que tu te taises », lui dit Louise avec son plus charmant sourire.

Victor bégaya :

« Mais enfin, enfin, Louise ? Tu veux que je me taise ? Explique-toi.

— Les explications, je te les donnerai plus tard. Demain. Mais il faut que tu me promettes de ne pas parler.

— Mais, Louise, je ne peux pas te promettre ça ! Roland est un escroc ! Sais-tu pourquoi il ne marche pas ? J'ai réfléchi moi aussi et je me suis souvenu que madame Gauthier m'avait dit que Roland vivait du fruit d'assurances bien placées et d'une pension que sa compagnie lui verse. Parce qu'il est infirme. Plus d'infirme, plus de pension ! Il rit de nous, il profite d'eux, et tu voudrais que je fasse comme si rien ne s'était passé. Ça ne va pas ? »

Louise détestait discuter, Victor venait de

lui répéter trois fois la même chose, elle saisit sa main, l'appuya sur la table :

« Maintenant, tu vas te calmer, je t'ai dit que je t'expliquerais tout ça demain, c'est ce que je vais faire. En attendant, tu te tais. Si tu parles de Roland à qui que ce soit, moi je ne te reparle plus jamais.

— Quoi ? Tu veux dire qu'on se quitterait ?

— Oui.

— Mais, Louise... »

Victor était assommé. Sa fiancée était folle et, en plus, elle parlait de rupture. Il la regarda, si calme, si quiète, et se demanda s'il ne faisait pas tout simplement un rêve absurde.

Louise passa derrière lui, posa les deux mains sur ses épaules, doucement, tendrement : « Tu me promets, Vic ? Tu vas tout savoir demain, ce soir même si tu veux... » Elle se disait qu'il était peut-être risqué d'attendre de donner des explications à Victor ; si jamais on découvrait le cadavre avant...

Victor promit à condition de connaître la vérité au souper. Il l'invita chez lui. Elle accepta. Il la quitta, prétendant qu'il devait faire les courses. Il avait le sentiment d'avoir été possédé. Il n'avait pas tort.

Louise se demanda une bonne partie de l'après-midi ce qu'elle raconterait à Victor. Il fallait une bonne petite histoire bien juteuse, bien humide pour qu'il tienne sa langue. Genre d'histoires auxquelles il n'y a pas de solution. Louise trouvait qu'elle réfléchissait beaucoup depuis quelque temps, elle avait hâte de se replonger dans son train-train quotidien. Toutes ces complications devenaient fatigantes à la fin. Son univers de chats et de dés lui plaisait davantage. Stella était magnifique, cabotine, caressante, et Balthazar toujours aussi compréhensif. Il regardait Louise en voulant dire : « On pouvait pas prévoir que Roland te verrait entrer chez l'empoisonneuse. » N'empêche, quel bordel !

Louise décida finalement qu'elle raconterait à Victor la même chose qu'à Roland. C'était plus simple ainsi. Johanne lui téléphona pour aller voir un film, elle lui expliqua qu'elle était invitée à souper chez Victor. Johanne émit un petit rire dans l'écouteur :

« C'est le grand amour ?

—Mais non, c'est parce que j'ai dit que j'irais. »

Johanne lui dit qu'elle n'avait pas à s'excuser, qu'elle comprenait, qu'elle était contente pour elle et elle lui souhaita une bonne soirée. Louise trouvait particulièrement énervants tous ces sous-entendus idiots que Johanne et d'autres membres de son entourage (Bettina, entre autres, qui avait beaucoup de talent pour ça) laissaient échapper. Louise voyait bien qu'elles l'enviaient mais elle ne comprenait pas pourquoi. Elle avait même failli reprendre sa parole tant elle trouvait pénible tout le tralala que comportaient des fiançailles; elle avait pensé qu'elle pourrait peut-être acheter Balthazar. C'est une phrase de Victor où il lui disait que ce chat lui portait bonheur et qu'il ne s'en séparerait pas qui l'avait poussée à continuer de jouer à la fiancée. Avec ce qui s'était passé la veille, c'était une protection qu'elle soit fiancée et elle s'en félicitait. Elle se rendit chez Victor assez tôt, afin de régler tout cela au plus vite. Il était de meilleure humeur que le matin quoiqu'un peu dépassé par les événements. Louise se servit un

Dubonnet tandis que Victor opta pour un double scotch. Louise proposa de manger avant qu'elle lui explique tout ce qu'il voulait qu'elle lui explique. Il y consentit. Louise rigolait intérieurement, car elle trouvait que leur situation faisait plutôt dîner d'affaires: on mange puis on discute. Victor avait fait du bœuf en daube, il y avait des cœurs d'artichauts en entrée et des millefeuilles pour dessert. Louise aimait bien les desserts, tout compte fait; elle avait beau essayer de se convaincre qu'elle n'aimait ni les gâteaux, ni les pâtisseries, il fallait se rendre à l'évidence: elle en mangeait sans difficulté. Le bœuf en daube était réussi. Louise mangeait avec appétit. Victor moins. Il parla de toutes sortes de choses qui n'intéressaient pas Louise ni lui non plus d'ailleurs; d'un article qu'il avait lu dans une revue sur la culture des artichauts, ajoutant que sa mère en faisait toujours à l'anniversaire de son frère; de Point, le célèbre cuisinier: Ils burent une bouteille de vin rouge. Et quand Victor posa la cafetière sur la table, Louise comprit que ce n'était plus le temps de rigoler.

«Alors?» dit-il. Et rien d'autre.

« Je vais tout l'expliquer. Tu ne peux parler de Roland à personne parce qu'il va m'accuser de meurtre si tu le dénonces. Voilà.

—Quoi ? »

Victor écarquilla les yeux.

« Fais pas une syncope. J'avoue que c'est surprenant mais c'est comme ça. »

Et Louise raconta toute l'histoire qu'elle avait dite à Roland auparavant. Victor ne réagissait plus du tout. Il était blême, mais conscient. Et il écoutait avec horreur et incrédulité ce que sa fiancée lui racontait. Quand elle eut terminé son histoire, elle se leva, alla chercher deux verres et lui servit une généreuse rasade de cognac. Il était vraiment très pâle. Quand il reprit son sang-froid il s'exclama : « Ainsi, tu voulais la tuer pour vrai ?

—Mais oui, dit Louise le plus naturellement du monde.

—Mais, Louise, ça n'a pas de bon sens ! On ne tue pas les gens comme ça.

—Elle ne s'est pas posé la question quand elle a tué mes chats, elle !

—Mais c'était des chats ! Pas des humains. »

Louise leva les sourcils, interdite :

« Où est la différence ?

—Louise, voyons, tu me fais marcher ! Ce n'est pas le temps de faire des plaisanteries. Ce n'est pas drôle.

—Mais je suis sérieuse, Vic. Je voulais vraiment la tuer. J'vois pas pourquoi je me serais gênée. J'avais une bonne raison.

—Ce n'est pas parce que tu as une bonne raison que tu peux tuer qui tu veux !

—Mais elle pouvait recommencer, tu aurais voulu qu'elle empoisonne Stella et Balthazar, toi ?

—Non, bien sûr, mais ce n'est pas une raison pour assassiner quelqu'un.

—Moi, je trouve que si. C'était de la vermine dangereuse, une folle empoisonneuse et je ne voulais pas l'avoir pour voisine plus longtemps. El si je ne l'avais pas trouvée morte quand je suis entrée chez elle, je l'aurais tuée. »

Victor était complètement effondré. Il ne savait pas si c'était parce que sa fiancée avait failli tuer quelqu'un ou parce qu'elle trouvait cela normal ou parce qu'elle était en danger ou pour les trois raisons à la fois. Il étouffait, il avait l'impression de s'enfoncer dans un monde terrifiant d'absurdité. Depuis deux jours, tout lui semblait absurde. Peut-être était-il en train de devenir fou? Tout semblait réel pourtant. Et ce réel tournait dans sa tête comme une ronde infernale.

«Qu'est-ce que tu vas faire, Vic? Vas-tu dénoncer Roland?

—Je ne sais pas, je ne sais plus. Je suis perdu. Ça n'a pas de bon sens.

—Pourquoi? Qu'est-ce que ça te donnerait de parler de Roland à tout le monde? Il me dénoncerait, on m'arrêterait et tu ne me reverrais plus. Est-ce que c'est ce que tu veux?»

Il faillit lui répondre oui. Parce qu'elle lui faisait horreur. Mais elle l'attirait également. Et tout ce déchirement entre la folie et la raison, entre ce qui devrait être et ce qui était, entre son corps et sa tête, entre lui et lui, était une source de problèmes pour Victor. Il ne pensait pas les régler dans la soirée... Il se taisait. Louise ne l'avait jamais vu garder le silence plus de deux minutes, elle trouvait cela étonnant. Il finit par relever la tête et lui dire:

«Je ne ferai rien ce soir. Je vais penser à

toute cette, cette affreuse histoire et je vais t'en reparler demain. Je n'en reviens pas, Louise; toi, une criminelle. C'est effrayant.

—Mais je ne l'ai pas tuée. Elle était morte quand je suis arrivée!»

Victor esquissa un sourire sans joie:

«C'est la même chose, Louise, c'est ce que tu voulais faire. Comme on dit si bien, c'est l'intention qui compte. Je vais aller marcher, j'ai besoin d'air.

—Comme tu veux. Je vais descendre. Veux-tu un coup de main pour la vaisselle?

—Quand il ne sera plus question que de faire la vaisselle, je pourrai m'en tirer.

—Qu'est-ce que tu dis? J'comprends pas.

—Laisse tomber. Non, je vais la faire plus tard. Je préfère sortir tout de suite.»

Il mit en hâte son manteau, ses bottes, prit ses gants, son chapeau. Il ne regardait pas Louise. Elle lui dit de ne pas s'en faire pour rien avec cela et elle descendit.

Victor marcha plus d'une heure et il ne sentait pas le froid. Il ne savait absolument pas ce qu'il ferait, ce qu'il déciderait. Pourtant il y avait l'évidence: Louise n'était pas moralement normale. Mais il l'aimait malgré cet aspect horrible qu'il venait de découvrir. Il avait envie de prier mais il se retint.

Le lendemain, la situation lui parut plus simple. Merveilleusement simple. Roland était entièrement coupable : s'il avait vu Louise sortir de chez Valérie Langlois, c'est qu'il était dans la cour avant Louise. Et qu'est-ce qu'il faisait dans la cour ?... Et Louise qui n'avait pas pensé à ça ! C'était épouvantable !

Victor avait même réglé, ses problèmes de conscience à l'égard de Louise : il considérait qu'elle avait la même moralité qu'un enfant très jeune. Elle semblait incapable de distinguer le bien du mal. La mort n'avait pour elle qu'une importance relative. Comme pour certains enfants, à un certain âge : ils vont pleurer si leur chien meurt mais ne verseront pas une larme si c'est leur père qui meurt. Ils n'en sont pas vraiment conscients. Louise était ainsi. Et l'idée de tuer sa voisine lui apparaissait comme un juste retour des choses, non comme un geste criminel. Victor avait pris la décision d'aider Louise ; ce n'était pas au moment où elle avait des ennuis, de graves ennuis, qu'il allait l'abandonner. Il devait au contraire la protéger. Pauvre petite. Il était rasséréné d'avoir pris cette décision qui lui faisait honneur. Il courut chez elle pour lui faire part de ses intentions.

Louise fut ravie quoique étonnée; elle ne pensait pas que Victor allait se taire. Elle se mordit les lèvres quand il lui dit qu'il était persuadé que Roland avait tué Valérie Langlois et qu'il essayait de lui faire porter le chapeau. Et il s'étonnait qu'elle n'y ait pas pensé, qu'elle ne se soit pas défendue quand il l'avait fait chanter. Heureusement qu'il était là, lui, Victor. Il allait tout arranger ça. Louise se dit qu'elle aurait dû y penser effectivement; avec Victor c'était sans conséquence, mais avec Roland?... Elle se trouvait conne de n'avoir pas réagi comme il faut.

Pour l'instant, le danger était écarté; Victor n'irait pas parler de Roland à tout l'univers. Il voulait essayer de découvrir un stratagème pour piéger Roland. Vic impatientait énormément Louise quand il parlait de cette façon; on aurait dit qu'il jouait à la guerre. Louise trouvait que Victor était versatile : hier il était complètement retourné par cette histoire et, aujourd'hui, il cherchait des solutions débiles. Sans panique, Louise considéra qu'il fallait arranger les choses rapidement. Elle dit à Vic que rien ne prouvait la culpabilité de Roland. Il lui répondit que rien ne prouvait la sienne non plus. D'ailleurs, la manière dont Valérie Langlois avait été assassinée prouvait bien qu'il ne pouvait s'agir de Louise. Les femmes ne tuent pas ainsi.

« Qu'est-ce que tu en sais ?

—On n'a jamais vu ça ; les femmes empoisonnent, n'était-ce pas ton intention ?

—Oui. »

Victor bondit sur sa chaise :

« Louise ! As-tu pensé que si c'est Roland qui a tué notre voisine, c'est lui le maniaque ! Étranglée, mutilée sexuellement... c'est lui. Je suis sûr que c'est lui ! Louise, il faut faire quelque chose : tu es en danger ; Roland va vouloir te tuer pour que tu te taises. »

Louise regarda Victor, découragée :

« Mais oui, c'est ça. Ensuite il va t'assassiner parce que tu vas savoir que c'est lui qui m'a tuée ! T'as trop d'imagination. Roland n'est pour rien dans cette affaire-là. »

Louise se disait que Victor, décidément, ne brillait pas par son intelligence. Il était assez con pour tout faire rater ! S'il lui venait a l'idée de découvrir le « maniaque », plus rien ne pourrait le faire taire. Par contre, elle était contente qu'il ait fait le lien entre les crimes de l'automne et ce meurtre qu'elle avait commis ; si elle avait mutilé Valérie Langlois, ce n'était sûrement pas par sadisme. Tout ce qu'elle voulait, c'était la tuer. La mutiler signait le meurtre. Jamais on n'imaginerait qu'une femme pouvait en étrangler une autre et la mutiler sexuellement ; tous croiraient que l'assassin de madame Pierrette Beaulieu-Paré rôdait encore. Si Victor se taisait.

Victor avait perdu de l'assurance ; Louise avait l'air de croire qu'il était préférable de laisser un assassin en liberté que d'essayer de découvrir la vérité. Il devait y avoir un moyen de confondre Roland sans l'incriminer, elle. Il espérait confusément que les enquêteurs découvrent Roland. Comment ? Il n'y avait aucune chance, jamais ils ne songeraient à un handicapé. Ils penseraient à lui. Victor voyait l'avenir très sombre.

Louise voyait l'avenir comme un temps où tous ces problèmes compliqués seraient chose du passé.

Roland avait hâte d'avoir des nouvelles de Louise. Il espérait qu'elle réussirait, mais il aurait voulu en être assuré. En tout cas, miss Van Ilen était venue comme à l'ordinaire, Victor n'avait donc pas encore raconté le miracle à toute la ville.

Victor passa tout l'après-midi du dimanche avec Louise. Elle regrettait amèrement de s'être fait remplacer au restaurant. Si elle avait su qu'elle aurait à supporter Victor, elle serait allée travailler. Maintenant, elle se trouvait prise entre deux feux: supporter Victor ou ne pas le supporter. Vivre avec Balthazar et avec son maître ou l'inverse. Se marier et sauver sa peau ou ne pas se marier et finir en prison. Cruel dilemme. Elle choisit Victor bien sûr parce qu'elle considérait qu'il serait plus facile de se débarrasser de lui que d'ouvrir les portes d'un pénitencier. Mais il était con comme ce n'était pas permis...

Victor voulut prendre Louise dans ses

bras, la rassurer, lui faire sentir qu'il était là, près d'elle pour la protéger. Louise le trouvait accaparant. Elle se laissa faire pourtant. Il l'embrassa, gentiment, maladroitement, passionnément. Ils étaient assis sur le sofa. Il fut bientôt sur elle. Il caressait la jeune femme à travers l'étoffe de ses vêtements. Il frémissait de la sentir sous lui, sans résistance. Il entrouvrit son corsage, déboutonna la chemise. Il regardait ses seins, osait à peine les toucher puis s'enhardissait. Il releva sa jupe. Elle ne disait rien, ne faisait aucun geste pour l'arrêter. Il se frottait contre elle, contre sa cuisse. Il eut soudain une telle envie d'elle, une telle envie de chair, de femme, qu'il voulut la prendre, là. D'une main, il défit son pantalon, s'appuya de sa main libre sur un coussin, s'installa entre les cuisses de la jeune femme et la pénétra. Puis ce fut très vite, il bougea un peu et jouit tout de suite. Louise n'avait pas bougé, seulement à la fin, comme si elle voulait l'achever. C'est la pensée bizarre qu'il avait : l'achever. Quand il se rajusta, il se sentit un peu idiot. Il avait perdu la tête. Qu'est-ce qu'elle penserait de lui ? Il ne s'était pas tellement soucié d'elle. Il la regarda. Elle le regardait placidement. Comme si rien ne s'était passé. Puis elle regarda ailleurs et dit :

« Il me semble que Stella grossit à vue d'œil. Tu ne trouves pas ?

—Oui, probablement. À cet âge-là, ils grandissent vite. »

Il semblait à Victor que sa voix était un peu rauque. Il aurait voulu parler avec Louise. Parler de ce qui venait de se passer, sur ce canapé. Lui dire... Lui dire quoi au juste ? Il ne savait pas. Aussi il répondait à ses propos décousus comme si c'était tout naturel de se trouver là et de dire des conneries après avoir fait une connerie. Il fut très content que le téléphone sonne. C'était Robert Plante qui l'invitait à aller jouer au tennis, son partenaire lui ayant fait défaut. Victor hésitait. Louise lui fit signe d'accepter. Elle ne s'étonnait pas que Robert Plante ait son numéro. Elle constatait. Victor accepta d'aller rejoindre son collègue. Quand il raccrocha, il expliqua à Louise : « J'ai donné ton numéro à Robert, j'espère que tu ne m'en veux pas ? Comme je suis souvent chez toi... » Louise lui affirma que ça ne l'importunait pas, elle voulut savoir à quelle heure il reviendrait. Pourquoi? Pour savoir si elle devait l'attendre pour souper. Victor respirait, Louise ne semblait pas lui en vouloir de son comportement... fougueux. Il lui proposa d'aller prendre un verre après son match de tennis, vers huit heures. Elle accepta. Victor la quitta le cœur léger; il ne repensa à Roland qu'un peu plus tard. Il chassa aussitôt cette idée désagréable, pensant qu'il ne servait à rien de gâcher sa soirée. Il était secrètement flatté que Robert Plante l'invite à être son partenaire; il avait dû le remarquer lors des matchs au collège. Il gagnerait ce soir! Il était un peu inquiet de laisser Louise seule mais elle n'avait pas l'air de tenir à ce qu'il reste auprès d'elle. Il se changea, prit sa raquette et descendit sur-le-champ pour ne pas faire attendre Robert.

Louise descendit immédiatement derrière lui, rejoignant Roland pour lui rendre compte des derniers événements. Il se dit plus ou moins satisfait des résultats obtenus. Ils étaient sur la corde raide, en était-elle consciente?

Oui, elle en était consciente. Mais que

pouvait-elle faire? Roland conclut à regret qu'il aurait été préférable de la tuer à la place de Nadia. Il n'aurait pas tous ces problèmes, aujourd'hui. On tue parfois sans réfléchir.

Le lundi soir, madame Gauthier poussa un grand cri et s'évanouit. Son cri était assez fort pour être entendu par Roland, Victor et Louise. Ces deux derniers descendirent pour savoir ce qu'elle avait. Ils la virent étendue par terre, madame Boutet à côté d'elle, plutôt blanche. Devant le regard interrogatif de Louise et Victor, elle expliqua:

« J'ai une bien mauvaise nouvelle à vous annoncer: madame Langlois est morte! Assassinée! »

Louise et Victor s'écrièrent presque en même temps — Victor avait un peu de retard:

« Quoi? Qu'est-ce que vous dites? »

Et Victor se pencha vers madame Gauthier pour se donner une contenance et la faire revenir à elle. Louise avait l'air réellement étonné. Victor eut un pincement au cœur; elle était décidément amorale. Madame Boutet poursuivait:

« C'est épouvantable ! C'est monsieur Langlois qui l'a trouvée quand il est revenu de son voyage ! Il l'a vue, après je ne sais pas ce qui s'est passé, mais il a abouti chez nous. Il avait l'air de quelqu'un qui a vu un fantôme. Je n'ai jamais vu une personne aussi pâle que ça. Il était presque transparent ! Il râlait : « Appelez la police ! Ma femme a été tuée ! » J'ai fait ce qu'il m'a dit. J'ai essayé d'en savoir plus mais il était incapable de parler. C'est effrayant ! Même quand la police est arrivée il n'a pas dit un mot de plus. Il montrait la maison du doigt. J'ai dit aux policiers ce qu'il m'avait dit. Ils sont allés voir. Ils sont revenus. Ils avaient un drôle d'air. Ils ont téléphoné au poste mais je ne sais pas trop pourquoi. Il y a d'autres policiers qui sont venus photographier, puis ils ont sorti le corps. Moi, j'ai tout vu ça de loin. Je pense que ça fait longtemps qu'elle a été tuée, ils avaient tous un mouchoir sur la bouche. C'est épouvantable ! Je suis restée avec monsieur Langlois pendant ce temps-là. Mon mari est revenu du bureau, je lui ai raconté ce qui s'était passé puis je suis venue le dire à madame Gauthier. Qu'elle prenne ses précautions ! Il y a un fou proche d'ici ! »

Madame Gauthier avait repris conscience; elle aussi trouvait cela abominable, il va de soi. Ces dames décidèrent de prendre un café pour se remonter le moral et se raconter une fois de plus le drame. Louise leur dit qu'elle allait prévenir Roland. Victor voulut l'accompagner. Ils promirent de revenir immédiatement après, madame Gauthier avait si peur ! Louise ne voyait pas ce qu'ils pourraient faire pour elle mais elle ne la contredit pas.

Roland, lui, n'eut pas à jouer l'étonné. Il demanda des détails qu'ils ne purent lui fournir. Victor, de toute façon, ne lui adressa pas la parole. Roland fit comme s'il ne s'en était pas aperçu. Louise s'en foutait complètement. Ils restèrent peu de temps chez Roland Victor insista pour aller voir madame Gauthier. Il n'y avait rien de nouveau. Comme tout le monde ils apprendraient les détails dans le journal. C'était un peu frustrant d'habiter dans un immeuble où un crime avait été commis et de ne pas en savoir plus long. Pour rassurer les dames. Victor leur dit qu'elles pouvaient appeler chez lui si elles se sentaient en danger, quelle que soit l'heure.

« *La Sûreté du Québec a ouvert une enquête, hier, relativement à la mort de Madame Valérie Côté-Langlois, 42 ans, de Québec, qui a été assaillie sauvagement, par un ou plusieurs individus. La macabre découverte a eu lieu lundi soir, vers cinq heures, alors que l'infortuné mari revenait d'un voyage d'affaires. La victime aurait été assassinée au cours de la nuit, dans son lit. Elle a été étouffée et mutilée sexuellement. Ce drame n'est pas sans rappeler la fin tragique de madame Pierrette Beaulieu-Paré, en septembre dernier. S'agit-il du même assassin?* »

Victor se demandait si c'était le même assassin.

Roland était persuadé que ce n'était pas le même assassin.

Madame Gauthier était assurée du contraire et parlait de déménager.

Miss Van Ilen l'approuvait.

Seule Louise connaissait la vérité.

Les enquêteurs visitèrent tous les

locataires de l'immeuble. Ils croyaient qu'ils avaient affaire de nouveau au «maniaque», mais ils ne négligeaient aucune piste; il n'était pas impossible que l'assassin soit un de ces locataires. En fait, seul le mari était hors de cause. Ainsi que Roland. Ils possédaient des alibis. Mais les autres... Il pouvait s'agir d'un crime de fou, comme celui de septembre, perpétré par le même assassin, mais il pouvait également s'agir d'un crime mené de sang-froid, d'un crime avec mobile.

Ils constatèrent rapidement que Valérie Langlois n'était aimée de personne, mais pas au point qu'on l'assassine. Personne n'avait de motif pour cela. De plus, il n'y avait pas de témoin; tout le monde dormait à cette heure, on n'avait rien entendu. Les enquêteurs n'avaient donc aucune description du suspect.

Le public paniquait, les peurs des femmes avaient un goût de nausée. Ce crime gratuit, sanglant terrifiait par ces mutilations qui signifiaient tant de haine. Il n'y avait aucun lien entre les victimes sinon qu'elles étaient femmes. Le meurtrier les haïssait-il au point de les blesser après la mort? Ce fantôme démoniaque régnait sur la ville dès le milieu de l'après-midi, à l'heure bleue, quand le ciel se fonce, se fonce et donne à la neige un reflet sombre et froid. On avait peur dès cette heure-là.

Louise n'attira pas les soupçons parce qu'elle avait aussi peur que n'importe qui. D'être découverte. Elle n'aurait jamais pensé que tout serait aussi compliqué. Mais elle ne pouvait pas dire qu'elle regrettait son crime! Elle savait qu'elle aurait dû éprouver de la panique, du remords, du regret mais elle n'éprouvait rien de tout cela. Juste un peu de peur, bien normale puisque les événements ne se passaient pas exactement comme elle avait prévu. En fait, le déroulement ne dépendait plus d'elle et c'est ce qui l'inquié-tait.

Louise ne voulait surtout pas être arrêtée. Qui s'occuperait de Stella et Balthazar? Et puis... Elle avait déjà été à la cour de justice; elle n'avait vraiment pas aimé l'expérience. Elle avait dû témoigner contre un client qui avait tout cassé un soir «d'ivresse et de détresse». Elle s'était assise avec d'autres témoins, avec des accusés, avec des gens qui étaient venus pour voir. Tous dans des sièges genre bancs d'église. Et cela lui rappelait l'école, le couvent et la maîtresse à l'avant qui distribuait les punitions. Ici, c'était le juge. Tout était propre et c'est précisément ce qui gênait Louise; il y avait une trop grande distance entre des lieux solennels où chaque chose était à sa place, où les bois vernis brillaient, où les pas des gardiens, décidés, résonnaient clairement et une humanité misérable qui avait l'air de se demander ce qu'elle faisait dans ce décor et qui voulait croire qu'il s'agissait d'un mauvais rêve, d'un cauchemar. Même leurs menottes brillaient.

Louise ne voulait pas revoir la scène.

Une semaine plus tard, elle n'y pensait presque plus. Le désordre suivant le meurtre s'était calmé, on ne voyait plus de journalistes ou de photographes recueillant les mêmes détails d'une journée à l'autre, madame Boutet s'était rappelé qu'elle avait des enfants, madame Gauthier avait fait venir un serrurier sans trop savoir pourquoi, miss Van Ilen s'indignait encore, ce qui lui donnait des couleurs, et monsieur Langlois hésitait entre être horrifié ou peiné, ce qui n'était pas du tout la même chose.

Roland maudissait cet incident qui l'empêchait de sortir.

Victor avait encore des problèmes avec sa conscience. S'il avait décidé de protéger Louise, il s'en voulait de protéger Roland par la même occasion. De plus, il avait beaucoup de difficulté à mentir et les visites régulières des enquêteurs avaient poussé ses nerfs à bout. Il avait envie de tout raconter à Robert Plante pour avoir son opinion. Il était trop concerné par cette histoire pour juger de ce qu'il devait faire. Mais si Robert allait tout raconter? Victor comprenait très bien, depuis une semaine, l'expression «cercle vicieux». Il parlait toujours de mariage avec Louise comme pour se persuader que des temps meilleurs existaient dans le futur. Louise était contente qu'il n'ait pas abandonné ce projet, ça signifiait qu'il ne parlerait pas. Il lui avait même offert un dé en argent qu'il avait vu chez un brocanteur. Il n'avait pu résister à l'envie de l'acheter car il avait pensé à Louise quand il avait regardé l'objet dans la vitrine du magasin. Si Victor énervait souvent Louise, elle admettait qu'il était tout ce qu'il y a de plus gentil concernant le choix de ses cadeaux. Enfin, un homme qui pensait à lui offrir autre chose que des violettes en pot. Louise se demandait d'ailleurs encore pourquoi on lui avait toujours donné des plantes. Elle était si peu douée pour les plantes! De plus, elle n'avait jamais interdit à ses chats de manger les fleurs et les herbages. Elle gardait toujours Balthazar; Victor le lui avait proposé comme un service qu'elle lui rendrait: la semaine qui s'écoulerait verrait les examens de mi-session et Victor devrait être au collège des journées entières. Balthazar s'ennuierait moins chez elle, en compagnie de la petite Stella. Louise avait accepté avec joie.

Les journaux avaient cessé de donner des informations sur l'enquête relative au meurtre.

Louise ne profita pas de l'absence de Victor pour aller voir Roland: elle n'avait rien de spécial à lui dire. Rien à ajouter. La situation paraissait plutôt stable sans qu'on puisse affirmer qu'elle était au beau fixe.

Au restaurant, Johanne était remise des émotions qu'elle avait éprouvées pour Louise par procuration, monsieur Tchou n'avait pas été assez ébranlé pour avoir recours à sa digitaline et les clients s'étaient lassés du sujet. En fait, seuls les enquêteurs et les femmes n'oubliaient pas le drame. Victor allait chercher Louise au restaurant comme par le passé. Il s'étonnait de son calme mais essayait de se persuader que ce n'était qu'une façade : « Il n'y a rien de pire que les eaux dormantes. » Chaque soir à cinq heures et demie, elle l'attendait dans l'entrée du restaurant; quand elle le voyait arriver, elle mettait ses gants, sortait et lui donnait le bras. Ils soupèrent plusieurs soirs ensemble; Louise s'habituait à Victor. Victor s'habituait à l'idée que Louise avait voulu tuer quelqu'un.

Au cours des deux semaines qui suivirent, on aurait dit que le temps s'était arrêté dans leurs vies. On ne parlait plus du meurtre, Victor ne parlait plus de Roland, Louise continuait à ne pas en parler. Ils faisaient tous comme si rien ne s'était passé. Parce que Victor ne savait toujours pas quoi faire. Il tentait de donner le change quand il n'était pas seul mais quand il se retrouvait sans public, face à lui-même, il pensait devenir fou. Il fallait régler la situation. Il avait maigri. Quand sa mère lui avait téléphoné parce qu'il ne donnait pas de ses nouvelles, elle avait été étonnée par sa voix altérée; elle pensa qu'il était malade ou voulut bien le croire ou lui faire croire et lui dit de bien se soigner. À cette époque Victor développa un intérêt soudain pour l'astrologie, acheta un tas de livres et se plongea dans l'étude de ces étoiles qui lui diraient peut-être son avenir. Et son présent. Il apprit leurs positions, leurs fonctions, leurs noms, leurs relations, leurs combinaisons, bonnes ou mauvaises. Il lut beaucoup sur les signes du zodiaque et finit par y croire. Il consulta l'astrologie chinoise pour savoir à quel animal Louise s'apparentait. Il voulait comprendre cette femme qui ouvrait plus facilement les jambes qu'elle ne parlait. Qu'il aimait et haïssait pour cette raison. Pour son abandon et son silence. Il réalisait qu'il ne savait rien d'elle, qu'il ne connaissait pas sa famille, son passé, son présent. Il la voyait depuis des mois et il n'en savait guère plus. Tout ce qu'il avait appris c'est qu'elle était capable de tuer une personne sans éprouver de remords. Sans penser que c'était mal. Cette amoralité le fascinait et l'écœurait à la fois. Victor voulait comprendre.

Il n'était pas le seul à s'interroger au sujet de Louise. L'inspecteur Jean-Paul Deschênes avait été frappé par l'air absent de la jeune femme. Elle ne témoignait d'aucune émotion face au crime : c'était pour le moins surprenant, peu de gens sont sans réaction quand il se produit ce type d'événements dans l'immeuble où ils habitent. Décidément, c'était une jeune fille étrange. Il en avait fait la réflexion à son collègue, l'inspecteur Pierre Côté, et ce dernier avait acquiescé. Il avait même ajouté qu'elle n'était pas seule dans l'immeuble à être étrange. Dans le quartier ce n'était absolument pas étonnant mais trois personnes bizarres dans le même immeuble, ça fait beaucoup. Pourtant, seul Victor pouvait être soupçonné. L'enquête préliminaire n'indiquait pas qu'il y eut des raisons pour cela, outre la possibilité physique. C'était peu. Ce qui faisait douter les inspecteurs, c'est le malaise qui régnait dans l'immeuble. Mais les malaises ne constituent pas des preuves.

Au cours de la première semaine de mars,

Victor et Louise furent invités au mariage d'un collègue de Victor. Louise n'avait pas tellement envie d'y aller. Victor avait insisté. Il tenait à se changer les idées. À l'église, tout se passa très bien, Louise avait presque l'air recueilli; Victor avait eu quelques craintes car Louise lui avait déjà dit que l'Église, pour elle, ça ne valait pas grand-chose, qu'elle n'aimait pas les hypocrites. Victor avait répliqué: «Tu exagères!» «Non», et elle avait cité Sacha Guitry: «Le théâtre est né de l'Église, elle ne le lui pardonnera jamais; jalousie de métier!» Victor avait été fort étonné que Louise cite un auteur: elle ne lisait jamais. Elle lui avait dit que c'était sa grand-mère qui lui avait fait connaître Sacha. Victor avait remarqué qu'il était surprenant qu'une femme de cette génération en eût contre l'Église. Louise avait expliqué que sa grand-mère avait été menacée d'excommunication parce qu'elle avait voulu ne plus faire d'enfants. Elle s'était révoltée et elle avait eu bien raison, avait ajouté Louise.

Le repas fut gai, agréable. Victor se sentait de plus en plus à l'aise. Malheureusement, quelqu'un se rappela que Louise et Victor habitaient à deux pas du lieu où il y avait eu un crime, peu de temps auparavant, et tous les convives réclamèrent bientôt que Victor relate les événements qui entourèrent le meurtre. Il commença par refuser, disant qu'il en avait assez d'entendre parler de cette histoire; plus il refusait, plus on insistait; finalement il accéda aux désirs de la majorité et raconta ce qu'il pouvait raconter, pour vider le sujet et qu'on passe à autre chose. À la suite du récit, chacun émit une hypothèse plus ou moins farfelue. Louise elle-même donna sa version de l'histoire et son impression : pour sûr qu'il s'agissait du meurtrier du mois de septembre. Une femme lui dit qu'elle ne voudrait pas habiter dans un tel endroit, si dangereux, mais elle se reprit avec un gracieux sourire prêt-à-porter et regardant Victor dit : « Mais, heureusement pour vous, ma chère, vous êtes bien protégée. » Louise détestait se faire appeler ma chère. Victor détestait la conversation. Enfin, le gâteau de mariage offrit un divertissement sans égal : il devait mesurer quatre pieds de diamètre et il y avait des couples de poupées mécaniques, minuscules, qui dansaient entre des rosettes en sucre et des feuilles caramélisées, le tout sur un formidable glaçage blanc. Louise ni Victor n'avaient jamais vu rien de tel. Victor était soulagé de voir que Louise ne semblait pas apprécier ce genre de gâteau; il souhaitait quelque chose de beaucoup plus simple pour leur mariage. Sa fiancée regardait la pâtisserie comme une aberration; plusieurs invités manifestèrent de l'admiration. Quand les convives eurent terminé leur repas, ils furent invités à passer dans une autre salle où les digestifs leur étaient servis et où ils pourraient, s'ils le désiraient, danser, valser. Louise invita Victor, elle aimait bien danser; elle oubliait qu'il y avait des gens autour d'elle. Et elle en avait particulièrement besoin dans cette circonstance. Victor savait à peu près danser, ce n'était déjà pas si mal. Quand la musique s'arrêta, il offrit à la jeune femme d'aller lui chercher un verre. Elle accepta et s'assit en l'attendant. L'homme qui était à sa droite lui demanda:

« Ainsi, vous n'avez rien vu?

—Je vous demande pardon?

—Excusez-moi, mon nom est François Lemire, je vous ai écoutée à la table quand vous donniez votre impression du meurtre. Ces histoires-là me passionnent. C'est dommage que vous n'ayez rien entendu... Vous n'avez rien vu?

—François, il était deux heures du matin! J'étais couchée, assura Louise.

—Comment savez-vous qu'il était deux heures du matin?» Les yeux du jeune homme brillaient. Brillèrent subitement.

«Parce que...»

Victor arriva sur ces entrefaites. Il tendit un verre à Louise. François reposa sa question: «Comment savez-vous?»

Louise avait eu le temps de réfléchir.

«Parce qu'au moment où nous avons appris qu'il y avait eu un meurtre, les policiers étaient encore dans l'immeuble voisin; madame Boutet qui y habite nous a tout raconté en détail, je suppose que c'est elle qui a parlé d'heure. Elle aura répété ce que les policiers se sont dit, ils passaient leurs réflexions quand ils ont vu le cadavre...»

Victor avait l'impression pénible de

marcher sur des œufs. Dont un venait de se casser. Aussi regarda-t-il avec reconnaissance le premier inconnu qui invita Louise à danser une valse. Il sourit courageusement. Et resta avec François qui lui confia qu'il s'était toujours beaucoup intéressé aux crimes, Victor lui avoua que cela lui avait plu, à lui aussi, à une certaine époque mais que depuis qu'il y avait eu un assassinat près de chez lui, cela lui plaisait beaucoup moins. Beaucoup moins, vraiment.

« Pourquoi ?

—Tu sais, il y a toujours quelques inspecteurs qui rôdent autour. C'est peut-être rassurant mais c'est énervant à la longue; on devient paranoïaque. »

Victor émit un petit rire. Il regardait Louise danser et se demandait ce que c'était que cette histoire d'heure... Il espérait que François ne lui poserait pas la même question. François l'observait et trouvait que Victor était encore plus laid qu'à l'ordinaire; une tension dans son visage brisait l'espèce de gaieté, de sérénité qui faisait oublier qu'il était laid. Le sourire n'était plus aussi convaincant. François se demanda si c'était vraiment à cause des visites fréquentes des inspecteurs qu'il était aussi peu à l'aise. Si oui, qu'est-ce que tout cela cachait? Victor se demanda combien de temps il faudrait pour que les gens cessent de lui demander ses impressions de «voisin du meurtre».

«Comme ça le meurtre a eu lieu à deux heures du matin?»

Victor sursauta:

«Peut-être, je ne sais pas.

—Pourtant vous étiez avec Louise quand on vous a raconté l'accident.

—Oui, mais j'étais occupé à essayer de faire revenir à elle madame Gauthier qui s'était évanouie en apprenant la nouvelle. Je n'ai probablement pas tout entendu. Deux heures? C'est possible, je ne me rappelle pas. C'est Louise qui t'a dit ça?

—Oui. Ça m'étonne parce que les journaux n'ont jamais mentionné d'heure. On disait que l'autopsie avait révélé que le meurtre avait eu lieu dans la nuit de jeudi à vendredi. Mais ce n'était pas plus précis.»

Victor haussa les épaules:

«Madame Boutet doit avoir ajouté ça à son récit.

—Pourquoi? Pourquoi aurait-elle inventé ça?

—Pour se donner de l'importance. C'est la première fois qu'il lui arrive quelque chose d'extraordinaire dans sa vie. Même si c'est horrible... »

Louise revenait vers eux, elle était échevelée, elle avait eu un peu chaud; elle prit une gorgée dans le verre de Victor. Elle souriait. Elle était très belle, avec cette candeur qu'ont les enfants qui s'amusent dans les foires. Elle aimait danser, tourner, valser, sauter, sentir la musique dans ses jambes, sentir la musique partout en elle, s'anesthésier de musique jusqu'à ne plus voir, ne plus penser. Elle riait de sa propre joie, des peurs récentes; on aurait dit que tout ça était loin, loin. Même ce François avec ses questions embêtantes était loin. Elle alla se chercher un autre verre de vodka-jus d'orange, s'en désaltéra et retourna danser avant que l'effet isolant la quitte.

Mais quand elle vit François en face d'elle qui dansait en la fixant, elle trouva que l'effet n'était pas assez puissant. Elle n'aimait pas du tout la façon dont il la regardait, curieux et ne s'en cachant pas. Mais elle ne voulait pas quitter la piste de danse. Elle ne voulait pas avoir l'air de fuir.

Victor qui voyait toute la scène n'osait pas intervenir, il aurait eu l'air de vouloir protéger Louise. Et de quoi?

Ils rentrèrent tard. Louise qui devait travailler le lendemain avait songé à se faire remplacer au restaurant. Ils avaient un peu trop bu; ils revinrent en taxi. Victor invita Louise à prendre un dernier verre chez lui. Elle accepta. Ils parlèrent du mariage, rirent encore de l'affreux gâteau, Louise demanda à Victor qui était François, il lui dit qu'il était professeur de géographie.

«Si jeune? s'exclama-t-elle.

—Il n'est pas si jeune que ça, fit Victor. Il a le même âge que moi.

—Peu importe; il m'embêtait avec ses questions.

—Moi aussi.» Victor se passa la main dans les cheveux. «Pourquoi tu lui as dit que le crime avait eu lieu à deux heures?

—Ça m'a échappé. J'espère qu'il n'y repensera pas trop.»

Victor soupira:

«Ça m'étonnerait qu'il n'en soit plus question. Il voulait absolument que je confirme ta petite histoire.

—Qu'est-ce que tu lui as dit?

—Que je n'avais pas porté attention. Toi, tu devrais porter attention. Tu veux que je me taise mais toi tu parles trop! Si François décide d'en savoir plus, on est cuit!

—Comment on est cuit?»

Victor se tordait les mains, parlait plus fort: «Oui: toi, Roland et moi.

—Qu'est-ce que tu as à voir là-dedans? opposa Louise.

—Complicité. J'en ai marre de cette histoire-là. Je suis à bout de nerfs.

—Ça va se tasser...»

Victor eut un rire rauque:

«Oui? Mais quand? Et Roland? Il va continuer à nous faire le coup de l'infirme?

—On n'a pas tellement le choix... remarqua Louise.

—Louise, on va déménager! On va quitter ce maudit immeuble! On va aller vivre ensemble, tout de suite. On n'est pas obligé d'attendre jusqu'au mariage. De toute manière, je n'aime pas ça que tu dormes seule. Si jamais le fou tuait encore? »

Louise secoua la tête:

« Tu n'y penses pas, Vic? Si on déménage, on va attirer l'attention sur nous. On ne se marie pas avant l'été, on va attendre à ce moment-là. »

Louise vida son verre, le déposa sur la table de la cuisine, embrassa rapidement Vic sur la tête, le salua en lui disant que les chats avaient sûrement faim. Victor n'eut pas le temps de protester.

Louise était contente que la soirée soit finie. Quelle soirée! Pénible! Elle se demandait pourquoi elle avait accepté d'y aller. Il faudrait qu'elle explique à Victor, un jour, qu'elle n'aimait pas vraiment les gens. Sinon, il voudrait toujours l'emmener avec lui partout. Et cela, ça ne lui plaisait pas. Recevoir des gens, de temps à autre, quand il faut vraiment, d'accord, mais de là à se faire suer dans des mariages et des réunions mondaines, merde! Et ce con avec sa question d'heure! Est-ce que c'était de ses affaires? Les gens devaient avoir des vies vraiment ennuyeuses pour se passionner pour des questions d'heure. Si ce récit l'intéressait, elle, ce n'était pas pour des raisons morbides! En tout cas, le meurtre avait fait passer à Victor le goût d'élucider des mystères. Car il avait encore tendance malheureusement à vouloir jouer les justiciers. Louise songeait à la précarité de la situation. Elle flattait Stella qui faisait des grâces sur le lit. Balthazar ne tarda pas à les rejoindre, Louise lui gratta le cou, lentement comme il aimait; il fermait les yeux à demi et s'installait dans son corps en ronronnant. Elle le regardait avec complicité. Louise pensa pour la millième fois qu'elle aurait décidément préféré être une chatte. Elle n'aurait pas tant de problèmes.

Elle se dit exactement la même chose le lundi quand elle revint de travailler; Victor ne l'avait pas accompagnée, il devait rester au collège pour une réunion. Les inspecteurs étaient dans l'antichambre, parlant avec madame Gauthier. Quand ils virent Louise, ils s'excusèrent de la déranger, mais pourrait-elle répondre à quelques questions? Elle n'avait pas tellement le choix, en fait. Elle répondit affirmativement, tout en se donnant l'air de quelqu'un qu'on importune qui revient de travailler et dont la journée a été harassante. Dans le genre «J'espère que ce ne sera pas trop long». Ils montèrent.

L'inspecteur Pierre Côté remarqua les chats, il affirma même qu'ils devaient valoir une fortune. Louise ne savait pas. Elle les aimait, c'est ce qui comptait pour elle.

«Bien sûr, mais si vous saviez le nombre de personnes qui appellent au poste de police pour faire des réclamations pour leurs chats qu'on leur a volés! Enfin! Pouvez-vous répéter la déclaration que vous avez faite suite à la mort de madame Valérie Langlois?

—J'ai pas grand-chose à dire. Madame Boulet est venue raconter le drame à madame Gauthier qui a crié, s'est évanouie. J'suis descendue pour voir ce qui se passait, j'ai appris le meurtre. C'est tout.

—Qu'est-ce qui vous a fait dire que c'était un meurtre?

—C'est madame Boutet qui l'a dit. Sans ça madame Gauthier ne se serait pas évanouie. Une mort naturelle ne l'aurait pas fait tomber dans les pommes.

—Quelle heure était-il?

—J'sais pas précisément, mais près de six heures.

—Durant la nuit de jeudi à vendredi, vous dormiez? »

Louise prit un air las: «Oui.

—Seule?

—J'me demande en quoi ça vous regarde. Si vous avez le droit de me questionner comme ça. Enfin, j'ai rien à cacher: je dormais seule. J'imagine que madame Gauthier doit vous avoir dit que j'étais fiancée à Victor Moreau. J'aurais de la difficulté à le tromper, vivant sous le même toit.

—Vous auriez pu être avec lui, justement.

—J'étais seule. »

L'inspecteur Côté regarda son collègue, laissa échapper:

«Dommage...

—Pourquoi? » Louise s'inquiétait.

«Parce qu'il aurait un alibi. Une confirmation qu'il dormait bien, lui aussi, ce soir-là. Il avait toutes les possibilités de commettre le crime. »

Louise cria presque:

«Victor? Victor tuer quelqu'un? Vous ne le connaissez pas! »

Elle riait, elle n'imaginait pas Victor tuant une femme, du moins pas comme ça.

«C'est justement, on voudrait le connaître.»

Louise le regarda quelques instants et innocemment lui avoua qu'elle ne connaissait pas tellement son fiancé.

L'inspecteur fronça les sourcils, se passa une main dans sa barbe:

«Vous venez de nous dire le contraire!

—J'sais très bien qu'il ne tuerait pas mais je sais peu de choses de lui. Pour être franche, je ne l'écoute pas toujours quand il parle. Il parle beaucoup trop.»

Les inspecteurs étaient étonnés de cette déclaration faite sur un ton tout ce qu'il y a de naturel. Jean-Paul Deschênes, le plus âgé des deux, murmura:

«Vous avez une opinion bien particulière de votre fiancé...

—Vous trouvez?»

Louise regardait toujours l'inspecteur. Elle était assise sur une chaise, se tenait très droite, Stella endormie sur ses genoux.

«Demandez à n'importe qui, on vous dira que Victor parle beaucoup et sourit presque toujours. Il veut être ami avec tout le monde.

—Et vous?

—Moi? Non.

—Vous avez pourtant un travail public?

—C'est justement, j'en ai assez.»

Insensiblement, le ton changeait, le rythme des questions se faisait plus rapide. Louise ne bronchait pas d'un poil. Ils l'emmerdaient autant qu'un client qui fait réchauffer trois fois sa soupe et qui demande vingt-cinq mille verres d'eau.

«Vous connaissiez bien Valérie Langlois?

—J'ai déjà dit que non.

—Pas du tout?

—Je savais qui c'était.

—On nous a raconté une malheureuse histoire de chats. De vos chats. Pensez-vous réellement que Valérie Langlois avait tué vos chats?

—J'sais pas. Oui.

—Pourquoi?

—Elle n'avait pas toute sa tête. Elle les a peut-être pris pour des démons. Elle buvait et se bourrait de pilules, c'est pas un secret. Pourquoi elle a tué mes chats? Une idée de folle.

—Elle n'avait aucune raison de vous en vouloir puisque vous ne vous connaissiez pas plus, n'est-ce pas?»

Louise détestait cette façon d'ajouter « n'est-ce pas » à la fin des phrases. Et elle n'aimait pas du tout se faire rappeler la mort de Mozart et Rose. Elle caressa attentivement Stella. Les enquêteurs l'observaient.

« Vous n'avez rien entendu le soir du crime ?

—Je vous ai dit que je dormais.

—Vous auriez pu être éveillée par un bruit suspect. »

Louise le contempla comme s'il était un monument de connerie :

« Savez-vous qu'en plein mois de février, il fait près de moins 20° la nuit ? Je dors les fenêtres fermées. »

Elle en avait assez de cet interrogatoire. Elle ne voyait pas où ils voulaient en venir, mais ce n'était sûrement rien de bon pour elle. Elle prit un air résigné.

« Roland et vous, vous êtes en bons termes ?

—Oui.

—Pourtant, on me rapportait qu'il était presque toujours seul.

—Je ne vois pas le rapport.

—Vous êtes son amie ?

—Oui, justement, pas son ange gardien. Roland n'est pas d'un caractère très sociable. Il aime la solitude et je le comprends. Je lui fous la paix.»

Elle avait passé beaucoup de haine dans ce message. Ils firent comme s'ils ne s'en étaient pas aperçus.

«Avez-vous une idée quant à l'identité du meurtrier?

—Ce n'est pas le maniaque?

—Nous ne savons pas.

—Les journaux disaient qu'elle avait été étranglée et mutilée sexuellement, c'est le même scénario qu'en septembre.

—Oui. Mais il n'y a rien de certain.» Louise s'étonna:

«Mais pourquoi?

—Parce que ce ne sont pas les mêmes mutilations.»

Et les deux inspecteurs regardèrent ailleurs.

Louise avait envie de savoir en quoi les mutilations qu'elle avait imposées au cadavre de Valérie Langlois différaient de celles du maniaque, mais ce n'était pas une question à poser.

Ils se levèrent, s'excusèrent du dérangement et repartirent comme ils étaient arrivés. Louise se félicita que Victor ait été retenu au collège. Il aurait paniqué en les voyant revenir un mois après le crime. Il n'y avait donc rien de réglé. Enfin, s'ils revenaient demain, Victor se serait préparé mentalement. Elle ne craignait rien pour Roland mais pour Victor... Il mentait mal.

Louise s'inquiétait prématurément; les enquêteurs ne revinrent pas le lendemain, ni le surlendemain, mais deux semaines plus tard. Et ils n'interrogèrent pas Victor mais Roland. Qui ne voulait pas leur dire ce qu'il savait. Il était de plus en plus anxieux; non seulement l'enquête n'était pas close, mais on ne savait jamais à quel moment Victor déciderait de parler. Roland se demandait même si Louise n'avait pas formé une coalition avec Victor contre lui. Il y avait longtemps qu'il n'avait pas vu la jeune femme; qu'est-ce qui se tramait? Roland était de plus en plus impatient, nerveux. Miss Van Ilen lui en fit la remarque: «Monsieur Roland, il faut vous reposer, vous êtes agité. Les médecins vous recommandent le calme.» Roland avait éclaté de rire, avait presque crié : « Les médecins ? Ils ne connaissent rien, les médecins ! » Miss Van Ilen avait eu envie de répliquer, de dire à son patient qu'il ne savait pas de quoi il parlait, mais elle se retint ; à quoi bon ? Roland était amer. Il était comme ça depuis le meurtre ; miss Van Ilen s'interrogeait : c'était peut-être la mort de la voisine qui lui rappelait la mort de sa femme... Personnellement, miss Van Ilen estimait que Roland aurait pu faire un petit effort, se secouer pour oublier sa tragédie ; bien sûr, il aimait sa femme, mais ce n'était pas une raison pour rester enfermé depuis deux ans dans son appartement avec comme unique compagnie des poissons ! D'ailleurs, ses poissons l'intéressaient beaucoup moins qu'avant. Miss Van Ilen regardait Roland et elle constatait qu'il avait quelque chose d'analogue aux gens qui ont une idée fixe. Il était distrait. Miss Van Ilen regrettait que Victor ne vienne plus visiter Roland ; elle avait essayé de savoir ce qui s'était produit pour qu'ils ne se fréquentent plus, mais Roland n'avait rien dit et madame Gauthier n'était pas au courant. Elle croyait que c'était dû à une certaine rivalité concernant Louise. Elle se disait que si Roland était intéressé, il aurait pu le dire plus tôt. Miss Van Ilen pensait beaucoup quand elle était chez Roland, car ce dernier ne parlait pas, et n'avait pas envie de parler. Il aurait voulu entendre ce qui se disait un étage au-dessous de lui, chez madame Gauthier. Quand miss Van Ilen était arrivée, elle avait soupiré : « Encore eux ! » Roland savait de qui elle parlait mais il jouait furieusement à l'innocent : « Qui, eux ?

—Les inspecteurs ! Ce n'est pas qu'ils ne sont pas gentils, non, ils sont très polis mais ils nous rappellent sans cesse le drame. »

Roland ne put s'empêcher de remarquer :

« Pourtant, vous n'aimiez guère Valérie Langlois ?

—On ne doit pas dire du mal des absents, monsieur Roland.

—Mais, est-ce que je me trompe ?

—J'ai peut-être été trop vindicative dans le passé, ça arrive à tout le monde. » Elle émit un soupir : « Chose certaine, je ne l'aurais pas tuée !

—Mais personne ne vous accuse, miss. »

Quand miss Van Ilen le quitta, Roland lui

demanda de laisser la porte ouverte pour aérer l'appartement. Elle proposa d'ouvrir une fenêtre plutôt. Non, la porte suffisait...

Roland fut déçu, il n'entendit pas ce que les inspecteurs disaient à madame Gauthier. La chère bonne dame a la langue bien pendue! Elle leur raconterait sûrement son accident si les enquêteurs parlaient de lui. Et elle sourirait en ajoutant qu'heureusement, il avait une bonne pension... Roland n'aimerait pas tellement qu'on le questionne là-dessus.

Il se demandait à toutes les heures quand l'enquête serait close. Il ne voyait pas la fin de ce bordel de merde! Il espérait, espérait que les enquêteurs ne fassent pas le lien avec les meurtres précédents.

Louise aurait été bien étonnée si elle avait su à quel point Roland était nerveux. Elle aussi avait hâte que tout soit terminé mais elle essayait de ne pas y penser en attendant. Quand les inspecteurs n'étaient pas dans l'immeuble, elle les chassait de son esprit À quoi bon?

À quoi bon, se disait aussi Victor qui ne trouvait toujours pas de solution. Qui ne comprenait pas plus Louise. Qui préparait leur mariage. Qui avait peur, probablement. Il se demandait pourquoi les inspecteurs ne l'avaient pas interrogé au cours des précédentes visites. Il s'attendait toujours à les voir surgir, à les entendre frapper à sa porte. Rien. Aucun signe de vie, comme s'il n'avait pas habité l'immeuble. Pourquoi ne le questionnaient-ils pas? Louise lui avait répété l'interrogatoire auquel elle avait été soumise et Victor avait conclu qu'ils s'intéressaient à lui. Qu'est-ce que cachait leur silence? La situation était anormale. Et elle se prolongea.

Début avril, les inspecteurs Jean-Paul Deschênes et Pierre Côté vinrent enfin l'interroger. Victor ne s'y attendait plus. Enfin, presque plus. C'était sûrement exceptionnel cette façon de mener l'enquête; on aurait dit qu'ils avaient tout leur temps. Et pourtant, ils acculaient les témoins qui n'avaient rien de suspect au pied d'un mur étrangement menaçant. C'est du moins ce que constatait Victor. Il ne comprenait pas tellement où ils voulaient en venir. Il avait la ferme intention d'être aimable avec eux et de tenter d'en apprendre le plus possible. Il fit asseoir les deux inspecteurs dans le salon, les débarrassa de leurs imperméables. Ils s'étonnèrent :

« On n'est pas si bien accueillis partout où l'on va, dit en riant doucement Pierre Côté.

—Mon Dieu ! Je ne vois pas comment je pourrais vous recevoir, c'est très normal, vous poursuivez une enquête que j'ai personnellement hâte de voir se terminer.

—Et pourquoi donc ? s'enquit l'inspecteur Deschênes.

—Vous avez appris sans doute que je suis fiancé à mademoiselle Louise Desbiens, je n'aime pas du tout savoir qu'un meurtre a été commis à deux pas d'ici. Je la sens en danger. Malheureusement, je ne peux pas faire grand-chose... Aussi, dans la mesure du possible, s'il est en mon pouvoir de faire quoi que ce soit... »

Les inspecteurs pensèrent qu'il en faisait trop. « Vous connaissiez bien la victime ?

—Relativement peu. Je... »

Victor s'interrompit dans sa phrase.

« Oui ?

—Oh, rien. Je voulais dire que je l'avais rencontrée une ou deux fois à l'épicerie. Ce n'est pas suffisant pour connaître quelqu'un», ajouta-t-il en riant.

Pierre Côté était persuadé que Victor allait dire autre chose mais qu'il s'était repris. Il insista donc: «Vous n'avez jamais eu de rapports plus intimes?

—Intimes?»

Victor ne jouait pas l'étonnement: il ne voyait pas comment il aurait pu connaître davantage Valérie Langlois. Ni en avoir l'envie.

«Oui. Des contacts entre voisins?

—Non. Pas vraiment.

—Pourtant madame Gauthier nous a raconté une drôle d'histoire sur les chats de votre fiancée. Les chats qui ont été empoisonnés.

—Qu'est-ce que vous voulez dire?

—Elle nous a dit qu'elle vous avait vu les enterrer très près de chez Valérie Langlois, presque sous sa fenêtre...»

Victor se demandait si cela paraissait qu'il était malade de peur. Il espérait ne pas être trop blanc. Maudits chats!

«Madame Gauthier exagère! Si j'ai creusé le trou à cet endroit, c'est qu'il y avait moins de neige.»

Victor souhaitait qu'il y ait effectivement moins de neige. C'était une réponse idiote. Il ajouta:

« Et puis, ça m'arrangeait.

— Pourquoi?

— Parce que je n'aimais pas tellement Valérie Langlois. Elle importunait Louise; à l'épicerie quand je l'avais rencontrée, je lui avais demandé de cesser son petit jeu. Elle avait été très vulgaire avec moi et m'avait dit qu'elle téléphonerait à Louise autant qu'elle voudrait. »

Victor sentait qu'il s'enfonçait mais il ne voyait pas comment ne pas s'enfoncer. Il ne savait pas ce qu'ils savaient.

« Pourquoi téléphonait-elle à Louise? » demanda Jean-Paul Deschênes.

Et son ton était monocorde comme s'il eût parlé de la pluie et du beau temps.

« Pour rien! C'est ce qui est bête. Louise s'était plainte devant moi que Valérie Langlois appelait chez elle, disait quelques phrases sans queue ni tête, probablement qu'elle était ivre, et raccrochait. Louise en avait marre. C'est alors que j'ai parlé à notre voisine et qu'elle s'est moquée de moi. Vous comprenez pourquoi je ne l'aimais pas. »

Victor croisait les doigts, il ne fallait surtout pas que Louise ait dit le contraire. Mais non, elle lui en aurait parlé. N'empêche qu'il venait de la foutre dans le bain. Quelle merde !

« Roland, vous le connaissez bien ? »

Victor haussa les épaules :

« Comme ci, comme ça.

— Pourtant, vous avez installé un système de planches pour faciliter son transport ? Miss Van Ilen a bien apprécié ce geste.

— Oh ! ce n'est rien, j'aime bricoler.

— Nous pensions que Roland était un de vos amis.

— Oui. En quelque sorte. Mais nous nous rencontrons peu souvent. Pour être franc, depuis que je suis fiancé avec Louise nos relations sont moins cordiales. »

Victor dit ces choses avec un sourire contrit.

L'inspecteur Côté le regarda sourire ainsi, et il pensa que ce sourire n'était pas l'expression même du malheur : Victor était très heureux d'avoir Louise pour lui tout seul.

« Jaloux ?

—Moi?

—Non, Roland.

—Faudrait lui demander. Je ne crois pas, inspecteur, il n'est pas sociable, simplement.

—C'est curieux, Louise Desbiens nous a raconté la même chose que vous. C'est vrai que vous êtes fiancés... Avez-vous une idée concernant le meurtre de Valérie Langlois?

— Non. Probablement un fou. Tuer ainsi sans raison, il ne faut pas être tout à fait normal. J'espère que vous allez l'arrêter bientôt. Avez-vous des indices?

—Oui. Mais c'est étonnant, nous en avons pour le premier meurtre, et pour le deuxième et pour le troisième, mais ils n'ont aucun rapport entre eux. Bizarre, n'est-ce pas?

—Oui. C'est vrai, c'est bizarre. Pourquoi?

—Peut-être que ce n'est pas le même meurtrier?»

Victor leva les yeux:

«Mais c'est le même genre de meurtre, si je peux m'exprimer comme ça.

—Pas tout à fait. Non. Semblable mais non identique.»

Victor était très intrigué:

«Ainsi il y aurait deux maniaques en liberté?

—Nous n'avons pas dit ça.

—J'espère que vous vous trompez, je vous l'ai dit, je n'aime pas cette histoire! Je vais chercher Louise tous les soirs à son travail, je ne veux pas qu'elle rentre seule. Vous ne me rassurez pas. Pensez-vous qu'il reviendrait à la même place? Je veux dire, ici, près du crime?

—Non, il y a peu de chances. À moins qu'il y ait des témoins. Il faudrait les faire taire.»

Victor n'aimait pas cela du tout. Enfin! Il fallait bien se protéger! Il le savait, Louise était témoin, elle était en danger. Il avait les mains mouillées. Mais il avait froid dans le dos en même temps.

«Vous n'avez rien vu la nuit du crime?» Victor assura: «Non, je dormais.

—Seul?

—Oui.»

Le ton était sans réplique; Victor considérait que sa vie privée ne regardait que lui. Les inspecteurs poussaient un peu trop loin leur zèle.

«Nous vous demandons ça parce que vous ne pouvez pas prouver que vous étiez bien ici, dans votre lit, quand le crime a été perpétré.»

Victor commençait à s'énerver:

«C'est vrai! Je n'ai pas de preuves! Mais pourquoi est-ce que j'aurais tué Valérie Langlois? Je n'avais aucune raison.

—Ça, c'est vous qui le dites.

—Voyons! Ça n'a pas de bons sens!

—Non. Ça n'a pas de bons sens.»

Suivant le ton sur lequel c'était dit, on pouvait se demander ce que l'inspecteur Côté insinuait quand il répétait la phrase de Victor. Ils posèrent ensuite quelques questions de vérification, de détails, saluèrent Victor en laissant leur numéro, au cas où il penserait à quelque chose. Puis ils partirent.

Victor eut l'idée de téléphoner à Louise, mais s'ils revenaient, il aurait l'air idiot, si ce n'est suspect. Il décida d'attendre à plus tard. Il tenta de lire un traité sur l'ascendant de Vénus, mais sans succès; il relisait plusieurs fois le même paragraphe et il ne s'en souvenait pas deux minutes après. Cette visite l'avait bouleversé. Il croyait cependant s'en être bien tiré, sauf avec l'histoire des chats, il n'appréciait pas le nouveau concept qu'il s'agisse de deux meurtriers au lieu d'un. Dans quelle ville vivait-il? Si ça continuait de cette façon, il déménagerait! Suspect ou non! Et ces inspecteurs qui passaient leur temps à venir fouiner ici plutôt que de courir après un fou dangereux libre dans Québec. Ce n'était pas rassurant. Pas rassurant du tout!

Il n'y avait que madame Gauthier que n'importunaient pas les fréquentes visites des inspecteurs: elle appréciait ces hommes qui faisaient leur devoir et ce qui était en leur pouvoir pour protéger une honnête citoyenne comme elle.

Quand les inspecteurs revinrent le voir pour la ixième fois, Roland sentit qu'il ne pourrait plus se faire interroger comme ça, n'importe quand. N'importe quand. Ils lui avaient parlé de la prime d'assurance. Ils n'avaient pas à lui parler de cette prime. Ils avaient été très polis mais Roland était persuadé qu'il y avait quelque chose derrière toute cette gentillesse. Quelque chose contre lui. Il avait beau se répéter qu'il ne pouvait être soupçonné, que c'était ridicule, il ne comprenait pas pourquoi ces inspecteurs étaient toujours à le questionner. Alors qu'il n'avait que regardé le meurtrier. Il s'en voulait d'être sorti cette nuit-là. Il était en danger depuis. Il était sur ses gardes : il parlait le moins possible quand on l'interrogeait. Mais c'est harassant d'être sans cesse sur le qui-vive.

Miss Van Ilen venait plus fréquemment le voir, précisément parce qu'il était « agité ». Et plus elle venait, plus elle l'énervait, mais ce n'était guère le temps de le lui expliquer.

Roland était comme un lion en cage, il n'était pas sorti depuis le meurtre.

Il décida de discuter de tout cela avec Louise ; après tout, elle était concernée. Au cœur même du problème... Roland éclata de rire. Il riait de plus en plus souvent. Il avait des accès de fou rire. Vraiment. Il téléphona à sa voisine et lui demanda de venir chez lui. Il eut envie de faire une blague et de lui dire : « Tu comprends, je ne peux pas y aller », mais il se dit qu'elle n'en rigolerait pas. Elle vint immédiatement. Ceci énerva considérablement Roland qui se rappelait le temps, avant le meurtre, où elle ne serait pas accourue aussi vite. Il l'observa; elle ne changeait pas, gardait la même expression fataliste dans le visage. Louise ne s'étonnait jamais, et elle n'était curieuse de rien. Quand elle entra, elle se laissa tomber dans un fauteuil et regarda Roland; elle attendait qu'il parle. Elle ne montrait aucun empressement, aucune anxiété, et si elle était venue aussi vite, c'était probablement pour être débarrassée de cette corvée, constatait Roland. Eh bien, on allait s'amuser! Si Louise ne s'intéressait pas plus que ça à lui avant qu'il ne parle, elle le considérerait autrement après son petit discours qu'il avait préparé depuis longtemps, longtemps, qu'il aurait pu lui dire un peu plus tôt. Mais il avait attendu de voir ce qui se passerait après le crime. Et maintenant il en avait assez. Assez de ne pas la voir paniquer.

«Tu dois te douter de la raison pour laquelle je t'ai appelée?»

Louise haussa les épaules:

«Sûrement pas pour m'entretenir de tes poissons.

—Non. Mais justement, comme tu parles

de poissons, je voudrais te faire remarquer que je n'en suis pas un. »

Et il afficha un petit sourire énigmatique tout ce qu'il y a de plus raté.

« Peux-tu être plus clair ? Plus précis ?

—Oh, ma chère ! Je vais te donner des détails... Regarde-moi bien : je sais que c'est toi qui as tué Valérie Langlois.

—Qui te l'a dit ? répliqua-t-elle, sur un ton dangereusement neutre.

—Personne, sinon moi. » Et il se frappa le crâne avec son index, signifiant que sa meilleure source de renseignements était son intelligence. « Oui, moi. Penses-tu que j'ai cru à ta petite histoire ? Quand tu m'as raconté que tu étais arrivée juste après le meurtrier chez Valérie Langlois ? Que tu avais été devancée de quelques minutes ? Ce serait une bien étrange coïncidence. Et je n'y crois pas. Pas du tout. »

Louise soupira :

« Je ne vois pas ce que ça change. »

Roland ne releva pas sa remarque :

« Et ce n'est pas tout, ce n'est pas une impression que j'ai, il n'y a pas que la coïncidence : ce soir-là, ça faisait près de deux heures que j'étais à ma fenêtre avant de me décider à sortir. Et quand je t'ai vue, je peux te dire que tu étais certainement la première personne qui venait dans la cour. Sinon, je l'aurais vu, ton meurtrier fantôme. Et j'aurais vu ses traces de pas dans la neige. Il n'y avait que les tiennes. Tu as donc assassiné Valérie Langlois. Je le sais. »

Louise ferma les yeux. Elle se disait merde. Super-merde. Elle ouvrit les yeux :

« Et alors ?

— Ne joue pas avec mes nerfs ! rugit Roland.

— Ce n'est pas nécessaire, tu réussis très bien toi-même. »

Et Louise se surprit de dire cela. Ce n'était pas elle. Elle ne paniquait pas, elle avait seulement envie que Roland se taise ou qu'il parle moins fort. Il l'énervait.

« Oui ? Ça ne change rien au problème que ce soit moi qui aie tué ou non. Tu n'es pas censé m'avoir vue dehors puisque tu étais couché, impotent...

— Mais j'aurais très bien pu te voir de ma fenêtre, de ma chaise.

— Oui, mais si tu racontes ça, Victor va raconter que tu marches. Et alors, adieu la jolie petite prime d'assurance...

—Qui t'a raconté ça?

—Victor. Il réfléchit parfois. Il est même persuadé que c'est toi l'assassin. Et que tu veux ma peau parce que j'ai été témoin du meurtre. Comment aimes-tu mon histoire?»

Roland ne dit rien. Parce qu'il pensait avant de parler.

Louise s'emmerdait dans cette situation. Fallait-il qu'elle aime ses chats? Mozart et Rose et Stella et Balthazar? Pourquoi fallait-il qu'il y ait des fous qui empoisonnent des chats et viennent tout compliquer?

«C'est vraiment ce que pense Victor?

—Eh oui.»

Roland se pencha vers Louise: «Alors, je vais aller lui dire que c'est toi qui as tué. On verra ce qu'il pensera après.

—Il ne te croira pas.»

Sur ces paroles, Louise se leva:

«Tu n'as pas autre chose à me dire?»

Et elle remonta chez elle.

Roland lui trouva un air bien assuré. C'est vrai que Victor était complètement obnubilé par elle et qu'il le détestait, lui.

Louise bluffait. Elle ne savait absolument

pas si Victor allait croire Roland ou non. Elle souhaitait avoir été convaincante et qu'il garde pour lui ses secrets si embêtants.

Roland digéra très mal son souper. Il sentait confusément qu'il était fait comme un rat. Et c'est le genre de choses qui ne devait pas lui arriver à lui. Il avait réussi à tuer des femmes, sa femme, il avait vaincu le sort parce qu'il n'avait pas péri dans ce même accident, il avait berné les médecins, les compagnies d'assurances, et voilà qu'une fille, juste une fille qui n'était probablement même pas bonne à baiser, le clouait dans son appartement. Et qu'il n'y pouvait rien. Il ne pouvait pas la tuer. Ne pouvait qu'attendre.

La situation n'était pas stable pour Roland; en dépit des apparences, elle empirait, elle s'envenimait.

Une vraie maladie. Roland réalisait pour la première fois ce que c'était que d'être vraiment confiné dans un appartement. La comédie de l'infirme tournait mal.

Louise se dit que si Roland parlait, il ne raconterait pas seulement à Victor son petit laïus. Les inspecteurs l'entendraient très certainement eux aussi. Dans ce cas, Louise dirait que c'était exactement l'inverse qui s'était produit : elle avait vu Roland entrer chez Valérie Langlois, elle l'avait vu en ressortir. Elle était à sa fenêtre depuis deux heures. Et si elle s'était tue, c'est parce que Roland l'avait menacée. Et de quoi ? Et pourquoi ? objecterait-on. Parce qu'il l'avait vue à sa fenêtre en revenant chez lui, parce qu'il savait des choses sur elle qui devaient rester secrètes.

Quelles choses ? Louise expliquerait qu'elle avait couché avec Roland un soir que Victor était absent et que Roland voulait tout révéler à Victor si elle parlait. Elle pleurerait et dirait qu'elle ne voulait pas rompre ses fiançailles. Les inspecteurs trouveraient là une odeur abominable de mauvais mélodrame mais ils n'auraient aucune preuve du contraire. Et ils ne seraient pas plus avancés. De toute façon, il existait encore des filles mélodramatiques.

L'ennui, c'est que Victor pouvait le croire. Et raconter à ce moment-là tout ce qu'il savait, qu'elle avait eu envie de tuer Valérie Langlois. Les inspecteurs feraient sûrement le lien entre le désir et sa réalisation. C'était décidément très compliqué de tuer quelqu'un. Louise eut subitement envie de se changer les idées; elle appela Victor pour l'inviter au cinéma. Cela leur serait salutaire à tous les deux. Il accepta. Ils marchèrent en silence ou à peu prés jusqu'au cinéma. Ils y virent un western. Louise n'aimait pas les westerns, Victor non plus. Mais ils apprécièrent cette fois-ci.

Tacitement, sur le chemin du retour, ils évitèrent les sujets épineux. Us parlèrent du temps qui était nettement plus chaud, de l'été qui s'en venait et de leur mariage qui l'accompagnerait.

Victor passa sa première nuit chez Louise. Ça ne la dérangeait pas trop. Même, elle baisa avec lui. Elle fut très active et Victor très ébahi.

Louise ne travaillant pas le lendemain, ils se levèrent donc plus tard qu'à l'habitude. Victor s'étonnait d'être dans le lit d'une femme. S'émerveillait. Dans quelques mois, Louise dormirait toujours à ses côtés. Il s'éveilla de fort bonne humeur; il proposa d'aller acheter des croissants pour fêter leur première nuit ensemble. Louise acquiesça. Victor s'habilla. Il était un peu mal à l'aise d'être fripé. Pas seulement ses vêtements mais lui. Louise lui semblait beaucoup plus fraîche que lui le matin. Il se dit que l'air frais du matin le revigorerait. Quand il quitta Louise, elle était à la cuisine à faire chauffer l'eau pour le café. Il lui fit un petit clin d'œil, avança les lèvres comme pour l'embrasser et sortit.

Louise était contente de manger des croissants. Elle se demanda combien de temps dureraient ces petites attentions. Elle endurait Victor plus facilement qu'auparavant.

Même la nuit. De toute façon, la nuit on dort : elle ne s'apercevait donc pas de la présence de Vic. Enfin, pas trop. Question d'habitude, se dit-elle. De toute façon, elle ne pouvait pas changer d'idée; elle épouserait Victor. Tout bien considéré, elle ne le verrait pas tellement; il travaillait surtout au collège où il avait son bureau. Il restait souvent de longues heures après ses cours pour être disponible auprès de ses étudiants. C'était très bien, elle le verrait moins. De toute façon, ce qu'il y avait de bien avec Victor, c'est qu'elle n'était pas obligée de se forcer. Si elle n'avait pas envie de parler, elle se taisait, il conversait pour deux. Souvent elle passait de grands moments à caresser les chats alors qu'elle entendait sa voix en sourdine. Elle entendait, elle n'écoutait pas. Elle se demandait si Victor pensait que c'était bon de laver les chats. Louise savait qu'ils détestaient ça mais elle croyait que c'était nécessaire; ils ne seraient pas trop de deux pour s'acquitter de la tâche. Balthazar protesterait sûrement. Le café était prêt quand Victor revint; Louise avait mis sur la table toutes les sortes de confitures qu'elle avait. Victor voulut absolument goûter à toutes. Il était décidément joyeux. À la limite on aurait pu croire qu'il avait oublié le meurtre. Il parla beaucoup de ses lectures sur les astres et leurs influences. Louise trouvait le sujet très rigolo. Elle n'y croyait pas tellement. Victor s'intéressa à la collection de dés de Louise. Vraiment, c'était inusité, une collection de dés! Elle lui demanda ce que voulait dire *inusité*. Original. Ah bon, tu trouves? Oui, Victor trouvait; même qu'il n'avait jamais entendu parler de collectionneur de dés. Mais c'était bien joli. Elle lui montra le dé que sa mère lui avait donné. Victor pensait qu'elle allait parler de sa mère, elle ne dit rien. Il remarqua:

« Je pensais que vous étiez plus ou moins brouillées...?

—Moi oui, elle non. Elle veut absolument qu'on communique! Elle aurait dû y penser avant. »

Louise lui montra ensuite le dé qu'il lui avait offert, elle l'avait placé à côté du Ladereau, dans l'armoire réservée à cet effet. Victor pensait à sa mère; il avait été choyé, aimé. Il aurait voulu que Louise ait eu la même chance que lui. Il l'aimerait davantage ! Il compenserait pour toutes ces années où elle avait été seule !

« Penses-tu qu'on devrait laver Balthazar et Stella ?

—Les laver ? Pourquoi ? Ils se lavent eux-mêmes.

—Je sais. Mais ils avalent considérablement de poil. Ça leur ferait du bien. »

Victor secoua la tête :

« Je ne suis pas tellement pour le lavage des chats. On serait mieux d'acheter de l'herbe à chats qui a sûrement des propriétés diurétiques.

—Quoi ? »

Louise s'énervait, elle détestait qu'on emploie exprès des mots compliqués.

« Qui serait bonne pour eux.

—On peut essayer. Ça te dirait d'aller au pet shop aujourd'hui ?

—Pourquoi pas ? »

Et ils sortirent. Ils avaient décidé qu'ils feraient la vaisselle en revenant. Ils ne la firent pas. Ils lirent le journal qu'ils avaient acheté à la tabagie en revenant du magasin d'animaux.

« *Arrestation du meurtrier! La mort atroce de Pierrette Beaulieu-Paré: un suspect comparaît! Le présumé auteur de la mort de Pierrette Beaulieu-Paré, 26 ans, de Québec est présentement derrière les barreaux. Le suspect a été arrêté par la Sûreté du Québec plusieurs mois après l'enquête.* »

Louise et Victor apprirent également que l'individu, qui possédait des antécédents judiciaires, aurait été retracé grâce au témoignage d'un voisin de Pierrette Beaulieu-Paré qui avait décidé de taire son identité par craintes de représailles. C'est grâce à ces indices et à une enquête minutieuse que le coupable avait été capturé. Les inspecteurs refusaient de conclure qu'il s'agissait également de l'auteur des meurtres de Valérie Langlois et de Nadia Trenneau. Louise soupira: « Ça serait trop beau! Moi qui pensais que cette histoire était finie! » Victor se taisait: pourquoi les enquêteurs s'obstinaient à voir deux meurtriers? Il souhaitait ardemment que le maniaque confesse les trois crimes, sinon l'histoire n'était pas terminée, comme disait Louise. Victor tenta de se calmer en songeant que les enquêteurs sauraient bien lui faire avouer ses deux autres crimes. Évidemment qu'il était aussi l'auteur de ces deux assassinats! Seulement, malgré leur zèle, les inspecteurs n'avaient pas pu recueillir de témoignages dans le cas du troisième meurtre: lui, Victor, n'avait rien vu. Louise non plus, Roland pas davantage que madame Gauthier. Les autres locataires étaient également muets. Victor regrettait de ne pas s'être penché à la fenêtre avant de voir Roland dans la cour, un peu plus tôt; il aurait sans doute vu le meurtrier, et tous leurs problèmes auraient été réglés. Enfin, Victor ne doutait pas de la culpabilité de l'inculpé et de ses aveux imminents concernant Valérie Langlois. Victor comme Louise avaient hâte de lire le journal ou d'entendre à la radio les dernières informations concernant cette affaire; pourquoi le meurtrier avait frappé, et qui surtout il avait frappé. Il y avait peut-être des victimes inconnues. Ils attendirent donc ces précieuses nouvelles.

Les nouvelles, malheureusement, n'étaient pas celles qu'ils attendaient. Ni Victor, ni

Louise, ni Roland. Le suspect niait avoir assassiné Valérie Langlois et Nadia Trenneau. Il ne les connaissait même pas. C'est dire! Il n'aurait pas tué des gens qu'il ne connaissait pas. S'il avait tué Pierrette Beaulieu-Paré, c'est parce qu'elle avait ri de lui. Et cela, il ne l'acceptait pas. Pas de sa part. Ce n'est pas parce qu'elle s'était mariée qu'il fallait qu'elle regarde les gens de haut! Le vendredi précédant le meurtre, elle était venue faire des achats au grand magasin où lui, Gérard Boivin, travaillait. Il était garçon d'ascenseur. Visage ingrat et le corps aussi. Rien pour lui. Sur les photos, il avait l'air d'un insecte, ratatiné, le nœud papillon qu'on l'obligeait à porter à son travail pour faire distingué ne remplissait pas les exigences. C'était une touche de ridicule. C'était ce nœud ou autre chose qui avait fait sourire Pierrette. Elle l'avait regardé avec une petite mimique ironique. Il était sûr qu'elle avait ri de lui! Sûr et certain! Il l'avait suivie du regard et s'était dit qu'elle payerait. L'occasion s'était présentée: elle faisait livrer ses achats. Le commissionnaire déposa des paquets dans l'ascenseur, demandant à

Gérard de les descendre au sous-sol où les couturières retoucheraient la robe et d'où on l'expédierait. Il connaissait son nom, car une vendeuse l'avait appelée devant lui, Pierrette oubliant se gants de chevreau sur le comptoir. Il vérifia son nom sur les paquets. Il y en avait deux pour elle. Il prit l'adresse. Avant de quitter le magasin, ce soir-là, il avait été chercher une boîte avec la marque du magasin. Il se ferait passer pour un livreur. Il attendit que son mari sorte, le soir, et sonna à la porte. Il tenait la boîte devant lui pour qu'elle la remarque et lui ouvre rapidement. C'est ce qui se passa. Et il la tua. Il ne savait pas pourquoi il l'avait mutilée. Parce qu'elle le méritait

Mais Valérie Langlois et Nadia Trenneau? Ah non, il ne les avait pas tuées. Il n'avait pas de raison. On ne tue pas sans raison!

Louise se demandait comment le journaliste avait obtenu tous ces renseignements. S'ils étaient vrais; si c'est ce que les enquêteurs croyaient. Ces nouvelles n'étaient pas très bonnes. Bien que la situation n'ait pas empiré. Victor pesta contre les journaux, contre les journalistes, contre les enquêteurs, contre Gérard Boivin, contre la terre entière.

Roland eut une réaction similaire. Miss Van Ilen s'étonna d'un tel éclat. Elle ne comprenait pas pourquoi il se mettait dans tous ses états. Bien sûr, ils n'avaient pas encore arrêté l'autre criminel mais cela ne tarderait pas, elle en était certaine. « Pourquoi s'en faire, monsieur Roland ? Si c'est long pour notre crime (elle disait « notre crime » parce qu'elle connaissait la victime) c'est parce qu'il n'y a pas de témoin. Si quelqu'un avait vu tuer Valérie Langlois, le problème serait réglé. Que voulez-vous, sans témoin, c'est plus difficile de trouver le coupable. Mais moi aussi, je suis déçue, je pensais que c'était le même homme. » Elle se tut parce que Roland lui tournait le dos. Il lui arrivait souvent de lui tourner le dos, elle trouvait que cette attitude n'était pas très polie. Cela l'étonnait de la part de monsieur Roland.

Roland se disait que Gérard Boivin aurait pu avouer les trois crimes; qu'est-ce que ça lui aurait enlevé? Il était condamné à perpétuité de toute façon. Il ne pouvait pas s'en tirer. Pourquoi niait-il le meurtre de Valérie Langlois? Ça ne lui donnait rien.

Québec respirait à moitié. Les gens étaient satisfaits de l'arrestation mais auraient bien aimé, eux aussi, que Gérard Boivin ait commis les trois assassinats. On n'était pas vraiment soulagé. Et ça tombait mal; c'était presque le printemps, les femmes avaient envie de sortir autant que les hommes, mais il subsistait toujours cette crainte qu'une arrestation d'un même meurtrier aurait balayée... Avril avec ses odeurs de soleil, les rues sales de l'hiver, les longues promenades où l'on ne sentait pas le froid qui persistait, les chats de printemps, les devantures pascales, avril était gâché parce qu'un fou errait dans la ville. Encore.

Seule Louise n'avait plus peur de se faire attaquer. Elle savait qui avait tué Valérie Langlois. Tout danger était écarté. Enfin, c'est ce qu'elle croyait. Elle reprit ses promenades du soir, à la brunante. Victor l'accompagnait toujours; lui craignait que le meurtrier rôde encore dans les parages. Louise riait de lui, prétendant qu'il exagérait. Il objectait qu'il valait mieux prévenir que guérir. Mais elle croyait vraiment que l'assassin de madame Paré avait tué également

Nadia. Même s'il n'avouait pas.

Dans l'intérêt des citoyens, les inspecteurs poursuivaient leur enquête sur la mort de Valérie Langlois et ils revenaient sans cesse à la même conclusion : l'atmosphère était trop lourde pour être naturelle dans l'immeuble où habitaient les voisins de Valérie Langlois. Ils retournaient questions et réponses en tous sens et sentaient confusément qu'un seul morceau du casse-tête leur échappait. Ils retournèrent voir Roland, Louise et Victor.

Les inspecteurs Pierre Côté et Jean-Paul Deschênes apportèrent avec eux une photo du meurtrier de Pierrette Beaulieu-Paré. Il ne fallait rien négliger. Ils la montrèrent à madame Gauthier qui dit que cette figure-là lui rappelait quelqu'un, qu'elle en avait été frappée quand elle l'avait vue dans le journal. Mais son souvenir n'était pas plus précis. Roland, curieusement, dit la même chose qu'elle mais avoua ne pas être très physionomiste et confondre probablement avec quelqu'un qu'il aurait connu avant son accident... c'était si loin tout ça. Louise affirma n'avoir jamais vu l'individu. Victor abonda dans son sens. Les locataires de l'immeuble voisin pensaient tous différemment les uns des autres. En fait personne ne reconnut formellement l'homme de la photo.

Rien de très concluant.

Les inspecteurs ne se décourageaient pas, au contraire, du fait que personne n'identifiait Gérard Boivin. Ils ne le croyaient pas coupable d'autres meurtres. Il n'aurait pas tué, effectivement, sans raison. Son histoire se tenait. Et correspondait au caractère de l'inculpé. Qui donc avait tué? Ce n'était sûrement pas sans raison.

Ils se décourageaient si peu qu'ils venaient régulièrement visiter madame Gauthier, Roland, Victor ou Louise. La dernière fois qu'ils avaient parlé à Roland, il avait éclaté: «Écoutez, je suis prêt à croire que vous faites votre devoir, mais j'en ai vraiment assez de me faire poser et reposer sans cesse les mêmes questions. Je vous donne les mêmes réponses, n'est-ce pas? Alors, où est-ce que vous voulez en venir?»

Les inspecteurs, l'air aussi neutre que leurs imperméables, répondirent à Roland qu'à force d'interroger, les détails finissent par revenir à la mémoire, de petites choses qu'on ne remarque pas immédiatement et qui remontent soudain à la surface. Il fallait être patient. On avait pincé le meurtrier de madame Pierrette Beaulieu-Paré grâce à un témoignage; si lui, Roland, ou Victor ou Louise par exemple, se remémorait un fait, cela pourrait peut-être constituer un indice...

«Vous n'avez remarqué personne avant le jour du meurtre? Un étranger, une figure inconnue? Est-ce que madame Langlois n'aurait pas reçu une visite inattendue ou même la visite d'un plombier, vendeur, qui que ce soit que vous n'aviez jamais vu auparavant?

—Je ne le sais pas! Ma vie est morne mais je ne la passe pas à regarder par la fenêtre!

—Bien sûr, cependant...»

Roland ne le laissa pas terminer sa phrase:

«Cependant rien! Et ce n'est pas tout; d'ici je ne vois pas la rue. Comme vous pouvez constater, j'ai vue sur la cour. Que je sache, les démarcheurs ne passent pas par la porte arrière de la maison. Encore moins quand il s'agit d'un immeuble.

—Vous faites erreur, dit l'inspecteur Côté, quand ils n'obtiennent pas de réponse à une porte, ils s'essayent à une autre. Il faut être tenace pour faire leur métier. Vous auriez pu le remarquer, justement parce que vous vous seriez demandé pourquoi il passait par là. C'est de ce genre d'indice dont je parlais tout à l'heure.

—Eh bien, malheureusement, je n'ai rien remarqué. Ni avant, ni pendant, ni après le meurtre, assura Roland; et le ton était sourd.

—Vous n'avez pas relevé non plus de changements d'attitudes ou d'habitudes dans la vie de vos voisins?

—Je ne connais pas mes voisins, laissa tomber Roland avec une certaine hauteur.

—Je ne parlais pas des gens qui habitent en face mais des voisins de votre immeuble.

—Je ne les surveille pas. Et je ne suis pas au courant de leurs habitudes. De toute manière, je ne les fréquente pas ou si peu. Dans mon état, je n'aime pas m'imposer aux gens. »

Roland espérait que cette allusion à son handicap mettrait les inspecteurs mal à l'aise. Mais c'était un coup d'épée dans l'eau. Ils ne relevèrent pas l'intention, ils acquiescèrent vaguement. Ils quittèrent Roland en s'excusant de l'avoir dérangé. Roland referma la porte d'un geste rageur; ils s'excusaient et ils passaient leur temps à fouiner partout. Roland s'alluma une cigarette. Il avait attendu que les inspecteurs soient partis pour fumer parce qu'il était sensé avoir arrêté de fumer, il craignait qu'ils remarquent une nervosité et l'apparentent à de l'angoisse. Roland s'imaginait que les inspecteurs remarquaient tout, puis il réfléchit: c'était impossible, ils n'étaient pas bioniques. Roland se dit qu'il avait trompé tellement de gens depuis la mort de sa tendre épouse que ce n'était pas deux de plus qui allaient l'emmerder. Enfin, il tentait de s'en convaincre. Il regarda les poissons dans les aquariums et il se sentit soudain aussi bête qu'eux. Et confiné entre quatre murs aussi cons que les vitres des aquariums. N'ayant rien d'autre à faire que de bouffer et de regarder par la fenêtre. Il avait l'impression qu'il comprenait le bêta parce qu'il était seul, lui aussi. Plus le temps s'écoulait, plus les emmerdements abondaient, plus Roland détestait ses semblables; et il aurait à la manière du poisson solitaire agressé jusqu'à ce que mort s'en-suive quiconque l'eût provoqué Il approuvait le poisson de n'accepter de compagnie qu'à la saison des amours. Et encore, il fallait tuer la femelle ensuite. Il le savait bien, lui! Une femme, c'est des tas de problèmes! Ce n'est pas pour rien qu'il avait tué la sienne. Il s'alluma une autre cigarette. Pourquoi arrêter de fumer? C'était idiot de se priver! Roland aurait voulu réussir à nier le monde extérieur, s'élever au-dessus. Pas de contingences matérielles en tout cas. S'élever... Il se gargarisait de phrases lues çà et là. Dans des essais sur Nietzsche. *Sur,* car il n'avait pas vraiment lu cet auteur, un peu certes, enfin assez pour comprendre la doctrine. Par contre, il avait lu sa biographie et de petits articles, suffisamment pour en parler.

Une qui avait l'air d'être au-dessus, c'était Louise. Roland éprouvait toujours un sentiment très désagréable quand il songeait à sa réaction lorsqu'il lui avait dit qu'il savait qu'elle avait assassiné Valérie Langlois. Elle avait été d'un calme insultant. Plus il la connaissait, plus Roland se disait qu'elle devait avoir le cerveau dérangé. Il avait eu envie de lui crier qu'il ne croyait pas à son calme, que c'était de la frime, du bluff, mais il s'était tu. Il n'entendait pas avoir Louise contre lui. Surtout si elle était aussi bizarre qu'il l'imaginait.

Putain! C'était la journée des emmerdements! Il venait d'échapper la salière de nourriture pour poissons dans l'aquarium. Comme il ne devait pas se lever pour la ramasser et que les bords des aquariums lui arrivaient à hauteur des yeux, il devrait essayer de repêcher la salière avec un filet ou attendre miss Van Ilen. Qui devait arriver dans une heure. Cette chère miss Van Ilen. Comme il se passerait d'elle.

Roland avait hâte que la journée soit finie; que la nuit vienne. S'il ne sortait pas, il pouvait au moins marcher dans son appartement.

Les inspecteurs rendirent «visite» à madame Gauthier — en fait, pour elle, c'était presque de la visite maintenant qu'ils se connaissaient, qu'elle les voyait souvent, chez elle, dans sa cuisine, sous le regard attentif de son mari fixé au mur, immortalisé par un photographe inconnu, dans un joli cadre doré. Elle estimait ces policiers, pardon, ces inspecteurs qui se donnaient tant de mal. Elle cherchait, cherchait désespérément dans sa mémoire à se souvenir d'un détail qui deviendrait un indice. Rien à faire! Peine perdue! Elle n'avait rien remarqué. Il n'y avait que le livreur de l'épicerie qui était allé chez madame Langlois. Il avait quatorze ans, ce n'était sûrement pas lui. Elle n'en parlerait pas; peut-être que cela attirerait des ennuis à l'épicier. Quatorze ans, c'est l'âge légal pour travailler. Dans le doute, abstiens-toi, et madame Gauthier se tut. Les inspecteurs appréciaient beaucoup les bavardages de la bonne dame; elle savait des tas de choses intéressantes sur ses voisins locataires. Que Victor ferait n'importe quoi pour Louise, que Roland touchait une belle prime, qu'il était jaloux de Victor, que sa femme était morte dans l'accident, que Victor avait rencontré Valérie Langlois. Pauvre monsieur Langlois; il l'aimait au fond sa femme, elle en était certaine, madame Gauthier!

C'est au cours d'un de ces innocents bavardages sur la vie de l'immeuble que madame Gauthier émit un petit rire et rougit.

« Pourquoi est-ce que vous riez, madame Gauthier ? J'ai dit quelque chose de drôle ? demanda l'inspecteur Pierre Côté.

—Non, vous m'avez simplement fait penser à...

—À quoi...

—Si je vous raconte ça, vous allez vous moquer de moi ! »

Les inspecteurs savaient bien qu'elle allait « le » raconter mais ils insistèrent pour faire plaisir à leur espion en tablier.

« Rire de quoi ?

—C'est trop fou ! Quand vous avez dit, il n'y a pas deux minutes, que votre enquête était décourageante par moments, vous avez dit : "On dirait que c'est un fantôme qui a tué Valérie Langlois."

—Oui. Et alors ?

—Mais c'est que je crois aux fantômes. »

Les inspecteurs poussèrent un soupir. De découragement. On allait se farcir une histoire abracadabrante de défunts revenants. Ils prêtèrent quand même une oreille attentive ; sait-on jamais ?

Madame Gauthier poursuivit:

« Pensez-moi folle si vous voulez, mais je suis persuadée qu'il y a un fantôme ici! Oui, dans cette maison. Les murs craquent anormalement, j'entends des pas. Oui, des pas! Marcher. Comme si quelqu'un marchait entre les murs durant la nuit! Ça ne me surprend pas du tout; il y a quelqu'un qui est mort il y a dix-sept ans, ici, c'est-à-dire au-dessus. Ça se trouve à être chez monsieur Roland aujourd'hui. L'esprit du défunt doit hanter les lieux.

— Vraiment? »

L'inspecteur Côté n'osait pas trop parler, il commençait à trouver l'histoire assez captivante. Oui, vraiment.

« Oui, presque tous les soirs, j'entends marcher au-dessus de ma tête. Pour être franche, au début j'ai eu peur. Un fantôme, mais maintenant, j'y suis habituée. Je me suis dit aussi que c'était peut-être le fantôme de madame, la défunte de Roland. Elle ne veut pas quitter son mari. C'est pour ça qu'il ne se remet pas de sa mort. Je ne sais pas c'est l'âme de qui, mais je suis sûre qu'il y a une âme. Et comme monsieur Roland est en chaise roulante, ce n'est sûrement pas lui. Je n'entends pas les roues glisser durant le jour, je ne vois pas pourquoi je les entendrais durant la nuit. De toute façon, des roues et des pas, ce n'est pas pareil. »

Elle se tut, fière de l'effet produit; les inspecteurs l'écoutaient religieusement.

« Et ça se produit seulement la nuit?

—Oui. Je ne l'entends pas tous les soirs mais souvent.

—Vous disiez tous les soirs précédemment?

—Oui, tous les soirs ou plutôt toutes les nuits où je ne dors pas. Parfois, je me réveille la nuit, j'ai une santé fragile, j'ai des maux d'estomac, je me lève ou même je reste couchée, j'attends que ça passe. Et j'entends marcher. Ce n'est pas arrivé toujours à la même heure mais c'est arrivé assez souvent pour que je le remarque.

—Et vous êtes souvent malade?

—Non, pas trop. Mais souvent je me réveille juste un peu, comme dans un rêve, et c'est arrivé aussi que j'entende des pas.

—Ça fait longtemps?

—Non, pas tellement.

—Ça dure combien de temps?

—Ce n'est pas très long. Quelques pas. »

Madame Gauthier précisa, ravie :

« Pour vous prouver que c'est un fantôme, je peux vous dire que j'ai remarqué qu'"il" marchait encore plus depuis le meurtre. Il ne doit pas aimer ça.

—Vous en avez parlé à monsieur Roland? »

Madame Gauthier s'offusqua :

« Non! Jamais! J'aurais l'air d'une folle! Puis si c'est vrai, il doit entendre les bruits aussi bien que moi. S'il ne m'en a pas parlé, c'est qu'il n'a rien remarqué, je n'irai pas l'embêter avec ça. Il doit dormir d'un sommeil très lourd. Peut-être qu'il prend des médicaments pour dormir. Vous savez, il est très nerveux! Ce que j'ai fait, par contre, c'est d'en parler à miss Van Ilen; je savais qu'elle ne se moquerait pas de moi. Je lui ai tout raconté. Quand elle est allée chez Roland la fois suivante, elle a essayé de trouver d'où le bruit pouvait venir; sans en parler à monsieur Roland. Elle s'est efforcée d'y aller plus tard une fois ou deux, mais elle n'a rien découvert. Tout semble normal. Le fantôme ne se manifeste que la nuit. C'est bizarre, vous ne trouvez pas? Je suppose que vous ne me croyez pas!» ajouta-t-elle en riant.

Les deux inspecteurs l'assurèrent qu'ils la croyaient, qu'il ne faut douter de rien. Que c'était bizarre, bien sûr, mais qu'ils la croyaient; si elle le disait, c'était donc vrai.

«Vous vous moquez de moi!» Elle insistait. Mais non. Mais oui. La preuve c'est qu'ils avaient envie d'aller voir chez Roland s'il n'y avait pas un détail particulier qui leur aurait échappé.

«Mais ne dites rien à monsieur Roland, il m'en voudrait. Ce n'est pas très gai si c'est le fantôme de sa femme. Surtout qu'ils venaient seulement de se réconcilier quand s'est produit l'accident.»

Voyant leurs mines étonnées, elle leur raconta toute l'histoire de Roland. C'était la quatrième fois qu'ils l'entendaient mais le passage des récentes réconciliations était nouveau. Et intéressant.

Les enquêteurs avaient consulté les polices d'assurances de Roland également, lu les constats rédigés lors de l'accident. Ce qu'ils avaient retenu, c'est qu'il n'y avait qu'un seul témoin : Roland. Et que cet accident était inexplicable. On aurait pu taxer les deux inspecteurs d'une imagination débridée, qu'est-ce qu'ils allaient chercher ? Rien. Tout. Ils avaient appris, en plusieurs années de métier, que tout est possible. On peut inventer n'importe quoi, croire aux hypothèses les plus farfelues, tout était possible. Mais alors tout ! La réalité dépassait, et de beaucoup, la fiction.

Si Roland avait entendu cette conversation, il aurait carrément paniqué. Complètement. Il n'en était pas loin. Ils reviendraient, ces oiseaux de malheur. Roland était persuadé qu'ils reviendraient.

Ils revinrent mais ne montèrent pas le voir. Roland s'en inquiéta autant.

Et ils revinrent encore. Roland avait l'impression qu'ils passaient leur vie dans l'immeuble.

Victor ne voulait surtout pas se poser de questions. Louise, ce n'était pas son genre de s'en poser. Ils ne paniquaient pas encore totalement, ils étaient même beaucoup plus calmes que Roland. Que miss Van Ilen poussa à bout quand elle insista pour la trente-deux millième fois pour qu'il absorbe une petite pilule pour les nerfs. Il lui cria qu'il n'en avait pas besoin. Mais si.

Et si Victor et Louise étaient quelque peu angoissés — ce qui était bien normal — ils avaient quand même d'autres préoccupations. Il y avait toujours autant de clients au restaurant et toujours autant d'élèves au collège. Chez Roland, il y avait autant de silence.

Le silence. Un faux silence puisqu'il y avait perpétuellement un bruit de moteur d'aquarium. Mais ça ne comptait pas. Le silence s'en foutait complètement. Pas Roland.

Merde.

Roland sentait l'étau se refermer. Les inspecteurs n'interrogeaient plus Louise, ni Victor. Lui non plus, mais ce n'était pas pour les mêmes raisons. Roland savait que si les inspecteurs découvraient qu'il pouvait marcher, il aurait beaucoup de difficulté à expliquer l'attitude qu'il avait adoptée depuis deux ans. Il pourrait même être soupçonné de meurtre. Ce qui ne lui plaisait pas même si le danger était minime : ils ne pourraient jamais prouver qu'il avait tué Valérie Langlois. Sans le témoignage de Victor qui l'avait vu dans la cour ce soir-là, ils auraient beau chercher, ils ne trouveraient rien.

La situation tournait encore plus vite qu'un cercle vicieux. Roland avait la très pénible impression qu'il était une araignée qui se serait prise dans sa propre toile.

1) Il ne pouvait pas se débarrasser de Victor. C'était trop risqué.

2) Tant et aussi longtemps que Victor existait, Roland ne pouvait pas sortir de chez lui. Finies les balades nocturnes. Il y avait plusieurs semaines que Roland n'était pas sorti. Il était exactement comme un tigre en cage. Victor juste au-dessus de lui comme une épée de Damoclès, lui en sandwich entre ce voisin et les inspecteurs qui lui apparaissaient comme les flammes de l'enfer. Quel choix!

Roland faisait de plus en plus fréquemment des cauchemars. Louise riait très fort dans ces mauvais rêves.

Miss Van Ilen avait pris le thé chez madame Gauthier et, tout en parlant d'une personne ou d'une autre, elle avait confié à son hôtesse qu'elle se tracassait pour Roland. Il était d'une nervosité maladive depuis quelque temps.

Quand les inspecteurs étaient revenus, madame Gauthier leur avait suggéré d'attendre avant d'aller voir Roland, il ne se sentait pas bien.

« Il est malade ? » demanda l'un des deux inspecteurs.

Madame Gauthier baissa la voix :

« Non, il est seulement très fatigué. Ce sont les nerfs. Miss Van Ilen le trouve très agité. »

Ils montèrent pourtant. Roland les regarda sans rien dire. Ils voulaient seulement savoir s'il connaissait Valérie Langlois depuis longtemps. Roland pensait qu'il avait déjà répondu à cette question mais il dit : « Non, depuis que je suis ici. » Ils repartirent aussitôt.

Roland avait un genre de sueurs froides, et pas seulement dans le dos.

Les inspecteurs aussi. Ils jouaient serré. Mais ils étaient persuadés tous les deux que Roland cachait quelque chose de pas très catholique. Ils cherchaient. Et c'était gênant de s'obstiner à torturer Roland. Ils cherchaient à partir d'intuitions.

Si Roland reprenait son raisonnement, l'équation était encore plus complexe:

3) Roland ne pourrait pas retrouver l'usage de ses jambes pour sortir. Il ne pouvait pas présentement à cause de Victor et des flics, mais la situation risquait de s'éterniser; plus brutalement, cela voulait dire qu'il était condamné à être infirme pour un bon bout de temps. Il avait envie de hurler. Envolée la belle assurance qui lui faisait prendre la direction des opérations quand Louise avait tué Valérie Langlois: «Tu vas dire à Victor de se taire, etc.» Oui, Victor se taisait. Et s'il décidait de parler après le mariage? Même si Roland racontait avec la meilleure foi du monde qu'il avait vu Louise dans la cour entrer chez la voisine, en ressortir, qu'il avait tout vu car il était depuis longtemps à sa fenêtre, il y avait peu de chance qu'on le croie, lui, Roland, et même si on le croyait cela ne prouverait pas noir sur blanc que c'était Louise qui avait tué. Ce serait son témoignage contre le sien. Qui gagnerait? Il n'y avait que Victor pour dire

la vérité et il ne la dirait pas. Et s'il la disait, la situation demeurerait inchangée parce qu'un époux ne peut témoigner contre son épouse.

4) Si on considérait l'équation dans un autre sens, ce n'était guère plus encourageant. Le fait même de dire que c'était Louise qui avait assassiné Valérie Langlois indiquait qu'il se trouvait sur les lieux au moment du crime. Il avait toutes les chances de passer pour le meurtrier, c'était s'accuser soi-même, tresser la corde pour se pendre. Dans le cas sur un million où on le croirait, il ne pouvait pas faire inculper Louise sur son seul témoignage. Si Roland se souvenait bien, un témoignage unique ne valait rien.

Le choix était de plus en plus clair: être infirme ou être prisonnier. Bien sûr, il préférait son appartement à une cellule, mais de là à y passer ses journées!

Restait une chance. Une seule. Que Victor crève.

Et si on attendait sa mort naturelle, ça risquait d'être long.

Restait l'accident.

Restait le suicide. Avec tous ces restes, on

pouvait alimenter un espoir. Roland se félicitait de ne pas s'être laissé emporter contre Louise. La patience est toujours récompensée. Il avait trouvé la solution. Il allait tout simplement tuer Victor. Mais maquiller le crime en suicide. Pour deux très bonnes raisons. Premièrement, si Victor se suicidait on conclurait sûrement que c'était lui qui avait assassiné Valérie Langlois et qu'il avait éprouvé du remords, ou qu'il avait eu peur, ou qu'il était fou. Deuxièmement, si c'était Victor, ce n'était donc pas lui, Roland. Il était ainsi lavé de tout soupçon et débarrassé d'un voisin très gênant. Voilà pour le *pourquoi*.

Et voici pour le *comment*. Il allait, lui, Roland, s'assurer la complicité de Louise. Ce n'était pas plus malin que ça! Et pourquoi Louise l'aiderait? Parce qu'elle n'avait aucune envie de se marier avec Victor, il en était persuadé, comment pouvait-on avoir envie d'épouser Vic? Ensuite, parce que sans Victor comme témoin de la présence de Roland dans la cour, il n'y avait plus de Roland dans ladite cour. Et s'il n'y avait plus de Roland, pourquoi y aurait-il une Louise? Et comme ni Louise ni lui n'allaient plus jamais reparler de ce petit épisode dans leur vie, le tour était joué.

Le *quand*? Le *où*?

Bientôt. La situation avait assez duré. Où? Chez Victor. Roland avait repris la direction des opérations. Il s'octroya une cigarette. En l'espace de quelques heures, il était passé de la cigarette du condamné à celle de l'homme heureux, libre. Il était fier de lui. Il se reconnaissait bien là. Il était entièrement d'accord avec cette phrase: l'invention naît du besoin. Il avait trouvé. Bien entendu, il ne recommencerait pas à marcher immédiatement, mais il pourrait sortir le soir presque aussitôt après la mort de Victor. Juste attendre que les choses se tassent. La vie reprendrait comme auparavant, jadis, avant ce déplorable accident.

Quand ils auraient décidé du soir, Louise et lui, elle irait souper chez Victor. Il devrait boire beaucoup. Elle déverrouillerait la grande fenêtre. Lui, Roland, avec son aide à elle, pousserait tout bonnement Victor du haut du dernier étage. Il y avait vraiment peu de chances qu'il s'en tire. La seule difficulté serait de grimper là-haut: les escaliers de secours étaient dangereux et, curieusement, ils n'arrivaient pas jusqu'au quatrième, il manquait presque trois pieds pour atteindre le bord de la fenêtre. Roland pensait qu'il était tout de même capable de passer outre à cet obstacle. On n'a rien sans peine.

Et voilà, un beau suicide bien fignolé.

Il appellerait Louise dés le lendemain.

Elle entra silencieusement dans l'appartement. Il était très tôt. Elle avait sursauté quand elle avait vu Roland dans l'entrebâillement de la porte qui attendait pour lui parler qu'elle descende afin d'aller travailler. Il devait lui parler immédiatement. Louise, interdite, lui demanda :

« Ça va être long ? Je travaille, j'peux pas arriver plus tard que sept heures et vingt.

—Chut, ne parle pas si fort. Non, ce n'est pas très long ce que j'ai à te dire.

—Bon, d'accord », et elle entra.

Roland la regarda lentement : elle ne semblait pas s'être tracassée outre mesure à cause du meurtre. C'était un bon point pour eux : elle agirait calmement quand le temps serait venu. Cela confirmait également ce que Roland pensait de Louise ; elle n'était pas très intelligente si elle n'était même pas consciente du danger qui planait sur elle. Mais il serait facile de la convaincre dès qu'on lui aurait expliqué son intérêt.

« Dis-moi, Louise, trouves-tu ça agréable d'avoir toujours des inspecteurs dans la maison ? »

Louise baissa les yeux sur Roland !

« Non, mais je suppose qu'on ne peut rien y faire.

— Justement, c'est de ça que je voulais le parler : toi et moi, on peut faire quelque chose. »

Louise, incrédule : « Quoi ?

— Tu es d'accord que si nous recevons la visite des inspecteurs aussi régulièrement, c'est qu'ils soupçonnent Victor, ou moi, ou toi... Moi, personnellement, je ne dois pas être vraiment soupçonné puisque matériellement je ne pouvais pas commettre le crime. » Roland tapotait ses jambes en souriant. « Par contre, je pense qu'ils te soupçonnent. »

Et il se tut, laissant cette dernière phrase faire son petit effet. Malheureusement, Louise tressaillit à peine. Et elle s'était reprise quand elle laissa tomber, laconiquement :

« Qu'est-ce qui te fait dire ça ?

—Bien, tu sais, les enquêteurs m'ont parlé beaucoup ces derniers temps. Toi et Victor n'êtes jamais là quand ils viennent... Ils m'ont vraiment posé beaucoup de questions sur toi. J'ai répondu le plus vaguement possible, bien entendu. Mais ils revenaient toujours à la charge : si ça faisait longtemps que je te connaissais, quel genre de fille tu étais, qu'est-ce que tu faisais de tes loisirs, si c'est vrai que Valérie Langlois avait tué tes chats, comment tu avais réagi, etc. Ils m'ont reposé les mêmes questions plusieurs fois. C'est à peine s'ils m'ont interrogé sur moi ou Victor. J'en déduis qu'ils s'intéressent énormément à toi. Et comme je n'ai pas envie qu'ils remontent jusqu'à toi, pour en arriver à moi, je pense qu'on devrait se débarrasser d'eux. »

Louise réfléchissait, elle trouvait que Roland y allait un peu fort avec son histoire d'inspecteurs branchés sur elle. Elle ne laissa rien paraître quand elle répondit à Roland :

« Oui, j'suis pour, mais comment ? Ils vont venir ici tant et aussi longtemps qu'ils vont croire à la culpabilité d'un locataire. J'suis pas pour aller les voir et leur dire que j'étais dans la cour ce soir-là et qu'ils se trompent, que ce n'est pas moi. Ils ne me croiraient pas.

—Cesse de dire des conneries. Ils recherchent un meurtrier? On va leur en fournir un. Quand ils l'auront, ils nous laisseront tranquilles...

—Qui?

—Victor.»

Louise faillit crier mais se retint à temps : «Victor? Mais es-tu fou?

—Non, écoute-moi avant de hurler; notre problème à tous les deux, c'est que Victor sait que nous étions dans la cour la nuit du meurtre. Moi, parce qu'il peut me dénoncer, dire que je marche et je serai alors dans une position bien embarrassante, toi parce que si Victor parle, je parle et je dis que je t'ai vue dans la cour. Je te tiens, tu tiens Victor et Victor me tient. Mais si Victor disparaissait, s'il mourait, il n'aurait plus aucun pouvoir sur moi et moi je n'aurais plus aucun pouvoir à exercer sur toi puisque ce que je veux, c'est le silence de Victor. Actuellement, je me sers de toi. Mais si Victor crève, je n'ai plus besoin de toi. De plus, non seulement on se débarrasserait d'un témoin encombrant mais on donnerait un coupable aux flics.

—Je ne te suis plus...

—Mais oui, parce que le meurtre de Victor, imaginé par toi et moi, aura toutes les apparences d'un suicide. »

Et il débita à Louise sa petite histoire à propos de cette triste mort, celle de leur voisin.

Louise ne dit rien pendant quelques instants. Quand elle prit la parole, ce fut pour assurer Roland de son concours. Elle acceptait. Elle reviendrait ce soir pour discuter des détails. Il fallait qu'elle parte avant que ne s'éveille madame Gauthier, il était presque sept heures trente, la bonne dame allait se lever et en plus Louise était en retard. Elle partit comme un coup de vent.

Roland se frotta les mains. Il avait envie de sauter, de crier, de danser. Il se contint. Ce n'était pas le temps de perdre la tête. Il restait encore une manche à gagner avant d'effacer de son existence cet épisode embêtant.

Quand Miss Van Ilen vint le voir, en début d'après-midi, elle fut surprise par l'humeur joyeuse de Roland. Il avait l'air de quelqu'un qui a fait un bon coup. Elle eut envie de lui demander ce qui le rendait si joyeux, mais elle n'osa pas de crainte qu'une réflexion n'entame cette exubérance : Roland était si nerveux, on ne pouvait prévoir ses réactions, il valait mieux se taire que le contrarier. Elle se réjouit intérieurement qu'il ait changé d'humeur ; il était terriblement morose ces derniers temps. Il fut même gentil avec elle et lui demanda de changer une plante dans l'aquarium du bêta. Il voulait que miss Van Ilen la place à l'arrière de l'aquarium, ce serait plus joli. Elle se répétait qu'il était plus gai qu'elle ne l'avait vu depuis des mois pour qu'il accepte qu'elle touche à ses aquariums, et qu'il aille jusqu'à le lui demander signifiait qu'il devait avoir fait un héritage ou appris une excellente nouvelle.

Miss Van Ilen s'arrêta quelques minutes chez madame Gauthier. En bavardant, elle dit qu'elle avait trouvé Roland d'une fort joyeuse humeur. Vraiment, il était étonnamment gai. Madame Gauthier fut surprise : il ne lui était rien arrivé, à ce qu'elle sache. Pas de visite, pas de courrier. Et hier, il était triste. Eh bien, il devait avoir passé une excellente nuit. C'est tout ce qu'elles pouvaient penser.

C'est vrai qu'il avait passé une excellente nuit. La première depuis un bon bout de temps.

Louise revint le voir après le souper. Elle avait attendu que Victor monte chez lui corriger les travaux de ses étudiants. De toute façon, s'il descendait chez elle et qu'il ne la trouvait pas, il conclurait qu'elle était allée faire une promenade. Le temps était si doux. On ne respectait pas le proverbe, on se découvrait d'un fil ou douze. On préférait attraper la grippe pour une bonne raison.

Roland discuta avec Louise du soir où il conviendrait de se débarrasser de Victor. Louise dit qu'elle devait travailler le lendemain de ce soir-là.

«Mais pourquoi?

—Pour ne pas être aux côtés de Victor quand ça va arriver. Quand je ne travaille pas le lendemain, Victor dort avec moi. Ou chez moi, ou chez lui. Ce n'est jamais pareil, on ne peut pas s'organiser si on ne sait pas où il va coucher. Parce que si j'ai bien compris, je soupe avec lui, je le fais boire et quand il dort, on le jette en bas de la fenêtre?

—C'est bien ça. Tu résumes, mais c'est ça.

—Bon, dans ce cas-là, ça doit se passer un samedi. J'inviterai Victor à souper chez moi. Il remontera chez lui et quelque temps après, tu iras le chercher.

—Un instant... Toi aussi, tu vas être là. Il faut au contraire que tu dormes avec Victor, pour m'aider. Déjà qu'il faut que je monte par l'escalier de secours, au risque de me casser le cou, tu vas au moins m'aider à m'occuper de Victor.

—Oui, ça colle. Alors vendredi?

—Non, les gens se couchent trop tard le vendredi, on ne sait jamais à quelle heure ils vont rentrer. Je n'ai pas envie que les locataires d'à côté me voient monter par les escaliers de secours. J'aurais du mal à expliquer ça.

—Lundi, j'ai congé mardi.

—Parfait, et débrouille-toi pour que ça ait lieu chez lui. Invente n'importe quoi mais ça doit se passer chez lui; ça aurait l'air bizarre qu'il meure chez toi.

—Pourquoi? Je trouve ça bizarre de toute façon qu'il aille se tuer après avoir couché avec moi. Tu ne penses pas que les inspecteurs vont trouver ça normal ?

—Oui, si c'est chez lui, ça aura l'air de votre dernière nuit d'amour. Mélo. Mais s'il se tue chez toi, enfin, de chez toi, ça n'est pas en accord avec le caractère de Victor : il ne se tuerait pas de chez toi parce qu'il t'aime et voudrait t'éviter le scandale. Il est plutôt conservateur, Victor...

—Oui, plus ou moins. C'est juste ce que tu dis. Mais pourquoi est-ce qu'on ne mettrait pas un somnifère dans son verre ? Ça serait simple au moment du repas ?

—Si on décide de faire une autopsie, tu ne trouveras pas ça aussi simple. Et ça ne m'étonnerait pas, avec toutes les morts violentes qu'il y a eu... Les enquêteurs sont de plus en plus méfiants. Ce n'est pas tout : ils s'empresseraient de te soupçonner, ils penseraient que tu as tué Victor pour te débarrasser d'un témoin gênant. Je pense qu'ils seraient beaucoup trop proches de la vérité. N'est-ce pas ?

—Oui. Tu as raison. »

Ils décidèrent que Louise, quand ils monteraient chez Victor, après le souper, après avoir passé la soirée chez elle, allumerait la lumière et l'éteindrait deux fois quand Victor serait couché et endormi. Ce serait le signal que Roland pouvait grimper chez leur victime. S'il y avait un contretemps, Louise n'allumerait pas.

Tout était sous contrôle.

Roland ne tenait pas en place, il avait hâte au lundi, au grand jour, comme un enfant attend Noël. Il ne cessait de se répéter que tout irait bien. Il avait même prévu ce qu'il lui faudrait dire si quelqu'un l'apercevait dans l'escalier de secours. Il avouerait marcher depuis quelque temps, depuis le meurtre en fait, comme si cette mort violente lui avait donné un choc et qu'il était guéri, un peu comme un amnésique, mais que le soir du meurtre, il avait vu Victor dans la cour. S'il avait attendu pour annoncer qu'il marchait, c'est qu'il voulait surprendre Victor au moment de ses expéditions nocturnes. C'était plutôt boiteux comme explication, mais l'important c'est qu'on ne puisse pas prouver le contraire. Et comme Victor ne serait plus là pour le contredire, son petit laïus était plus ou moins important.

Louise invita Victor à souper le dimanche pour être certaine qu'il serait libre le lendemain. Elle prépara un soufflé au brocoli, un sauté d'agneau aux artichauts, des légumes printaniers et fit même un dessert, une bombe Copélia. Elle avait acheté des harengs congelés à décongeler pour Stella et Balthazar. Stella grandissait en beauté et en grâce. Elle serait bientôt en âge d'être mère. Comme ce serait mignon. Victor apporta une bouteille de vin rosé. Le souper était excellent. Mais Louise était un peu tendue. Elle n'avait pas très faim. Victor lui disait de manger davantage, c'était exquis, ce serait dommage de ne pas en profiter, mais vraiment, elle n'avait pas d'appétit.

Ils écoutèrent le film de la soirée, à neuf heures. Un bon western. Décidément, pour des gens qui n'aimaient pas ça ils écoutaient beaucoup de westerns, remarqua Victor. Louise lui sourit simplement. Elle bâilla longuement:

« Je commence à m'endormir. La télévision ça m'endort.

—Veux-tu que j'éteigne ?

—Mais non. J'vais monter chez toi, reste ici, finis d'écouter le film, tu viendras me rejoindre après. Réveille-moi si je dors. »

Et elle lui sourit malicieusement.

« Ne t'en fais pas, c'est sûr que je vais t'éveiller... »

Elle le quitta après avoir réuni ses vêtements pour le lendemain. Elle n'aimait pas tellement se promener en robe de chambre, dans celle de Victor en l'occurrence, dans les couloirs et les escaliers de l'immeuble. Elle était pudique pour ces choses. Bizarre, ce n'était pas dans son caractère d'être pudique.

Victor écouta le film jusqu'à la fin. Et les informations. Ensuite il monta retrouver Louise. Il se disait qu'il était vraiment chanceux d'être fiancé à une fille comme Louise. Si elle l'avait dérouté un peu, énormément avouons-le, les premiers temps qu'il la fréquentait, maintenant il appréciait à sa juste valeur ses qualités de franchise, même brutale, et d'honnêteté, même exagérée, qui étaient les traits dominants de la jeune femme. Il avait hâte d'être son mari. Il en avait un avant-goût et il appréciait. Victor aimait beaucoup passer la nuit avec Louise...

Il monta.

Il réveilla Louise.

Il se coucha.

Elle alluma et éteignit la lumière deux fois.

Roland à sa fenêtre, deux étages au-dessous, ouvrit lentement, silencieusement sa fenêtre. Heureusement qu'il avait l'habitude des balades nocturnes. Il gravit les marches de l'escalier sans faire aucun bruit grâce à ses semelles de crêpe. Pratiques, ces semelles. Roland s'étonnait de penser à des choses si futiles à un moment aussi important. La lune était réduite à un très mince croissant et Roland trouvait formidable d'avoir les astres pour lui, il faisait si noir qu'il serait bien étonnant que quelqu'un puisse le voir monter chez Victor, et encore plus le reconnaître. L'ennui, c'est qu'il n'y voyait pas très bien non plus. Mais ce n'était pas grave, il ne se rendait pas bien loin. Il rigola intérieurement. Puis reporta son attention sur le silence qu'il s'agissait de ne pas rompre. Il reprit son escalade. C'était vraiment une escalade, les escaliers avaient un angle de 80°, c'est du moins ce qu'il lui semblait.

Il monta. Parvenu à quatre marches de la plate-forme qui se trouvait sous la fenêtre, trois pieds trop bas, il examina la situation. Finalement, c'était mieux que ce qu'il avait prévu. Le fait que la plate-forme n'atteigne pas le bord de la fenêtre plaçait ce dernier à une hauteur parfaite, selon Roland. Debout sur la plate-forme, le bord de la fenêtre arrivait à la taille de Roland. Il était fort possible qu'on accrédite autant la thèse de l'accident que celle du suicide : Victor, ivre, pouvait facilement avoir basculé, le parapet de la plate-forme étant bas pour lui, ou avoir sauté à côté de la plate-forme. Ce qui était très possible. Il gravit les dernières marches. Louise devait l'attendre derrière la fenêtre pour lui ouvrir et l'aider à grimper. Il vit son visage qui guettait son arrivée, elle ouvrit la fenêtre lentement. Il posa ses mains sur le rebord de la fenêtre. Il regarda Louise et vit Victor.

Louise était derrière et souriait doucettement.

Roland blêmit. Louise l'avait trahi.

Il empoigna Victor par le collet, ce dernier le tenait fermement par les poignets. Roland était dans une position précaire, assis sur le bord de la fenêtre. Ses pieds ne touchaient plus à la plate-forme. Victor, lui, avait tout son pouvoir de frappe. Roland mit toute l'énergie du désespoir. Il se dégagea en frappant les doigts de Victor contre la fenêtre. Victor lâcha prise. Pour un instant. Roland le frappa à la figure sans viser. Victor lui envoya un rude coup à l'estomac. Roland bascula, tomba sur la plate-forme. Victor sauta pour l'y rejoindre. Roland le prit à la gorge et serra. Victor se débattait, il étouffait. Il tenta de se dégager en donnant un coup de genou à Roland. Ce dernier desserra son étreinte. Victor le projeta contre le parapet. Roland s'y appuya et rattrapa Victor aux épaules, il le griffa au visage en tentant de l'étrangler pour la seconde fois, Victor le frappa contre le parapet. Roland se laissa glisser contre le parapet, Victor faisait donc face à la fenêtre, dos au vide. Roland tenta de l'y pousser. Victor se retourna à moitié, se tassa. Roland passa par-dessus le parapet.

Un long cri. Qui parut aussi pénible, aussi long et aussi angoissant que l'attente d'un résultat médical. Un bruit étouffé. Celui du corps de Roland dans la cour, bruit mal étouffé par un restant de neige sale.

Toutes les lumières s'allument aux fenêtres des deux immeubles. Tous les locataires cherchent le cri. Celui qui a crié. Voient le corps quelques étages plus bas. Puis Victor dans les bras de Louise ou Louise dans les bras de Victor. Regardent ailleurs qu'en bas. Puis Victor regarde. Puis ils rentrent.

Les flics n'ont pas pris plus de cinq minutes pour arriver. Ils connaissent le chemin. Ils ont fait les photos sous tous les angles possibles. Et puis ils ont téléphoné. Puis l'ambulance. Puis l'inspecteur Pierre Côté qui arrive, c'est drôle de le voir seul. Madame Gauthier ne comprend pas. Monsieur Roland, Roland! Mort. Une catastrophe, un miracle. Il marchait. On téléphone chez elle, elle ne répond pas. Elle est allée voir le cadavre, elle n'y croyait pas. Elle n'y croit toujours pas. Monsieur Boutet a regardé les restes de Roland avec beaucoup d'attention. Comme s'il cherchait à comprendre en se disant que ça ne devait pas être très compliqué. Tous les locataires défilent devant le corps dans la cour. À moitié habillés, un manteau mis à la hâte, les pieds nus dans les bottes, les yeux bouffis de sommeil mais écarquillés, stupéfaits, des visages tapés mais ébahis. Des airs ensommeillés mais tous bien réveillés qui doivent tous se dire la même chose : ce n'est pas possible qu'on fasse tous le même cauchemar!!! Une heure après ils étaient convaincus que ce n'était pas un rêve et ils étaient remontés chez eux jusqu'au dernier. D'abord, il n'y avait plus rien à voir, puis il y avait le boulot le lendemain, puis les flics qui voulaient le champ libre de toute façon.

Tous les locataires dirent à l'inspecteur Côté qu'ils avaient vu Victor et Louise sur la plate-forme de l'escalier de secours. Il fit les constatations d'usage et monta. Victor était chez Louise. Ils étaient assis tous les deux sur le sofa quand l'enquêteur arriva. Louise avait servi deux généreuses rasades de cognac. Victor se leva à demi quand l'inspecteur entra. Il lui fit signe de s'asseoir. Il but une gorgée. Pendant ce temps, l'inspecteur Côté l'observait : Victor était très pâle, frémissant, ses cheveux étaient hirsutes, son haut de pyjama déchiré, ouvert, et on distinguait très bien de longues déchirures dans sa peau, des égratignures sur sa joue droite, dans le cou. Et surtout des marques foncées sur son cou. Plusieurs marques. Il tenait la main de Louise.

L'inspecteur constata qu'elle semblait en meilleur état que son fiancé. Elle était un peu décoiffée, simplement.

L'inspecteur Côté demanda :

« Si vous me disiez ce qui s'est passé ? »

Et il se sentit vieux. Il savait qu'il se passait quelque chose dans cet immeuble mais il n'avait pas deviné ce que c'était. Un mort de plus. Fichu métier. Merde. Il écouta ce que Louise et Victor avaient à dire.

Louise parla la première :

« Je suis montée me coucher avant Victor. Quand il est arrivé, il avait passé la soirée chez moi, je me suis réveillée. Victor s'est endormi mais moi, quand je suis tirée du premier sommeil, j'ai de la difficulté à dormir. C'est comme ça que j'ai entendu du bruit. Je me demandais d'où ça venait. Un bruit à peine perceptible, mais j'ai l'ouïe très fine, j'entends marcher les chats chez moi. J'ai eu l'impression que c'était dehors et à l'intérieur à la fois. Je me suis penchée à la fenêtre et j'ai vu Roland qui montait l'escalier de secours. J'ai failli crier. Je suis allée réveiller Victor en vitesse pour qu'il prenne Roland sur le fait.

—Comment "prendre Roland sur le fait"?

—Mais oui! Victor savait que Roland marchait. Mais moi je ne le croyais qu'à moitié. Victor avait vu Roland dans la cour le soir du meurtre de Valérie Langlois. Il m'avait raconté ça. J'ai pensé qu'il avait rêvé. Il m'a juré que non. Il m'a même dit que Robert, un de ses amis, avait cru, lui aussi, dans le temps de Noël voir une silhouette descendre dans l'escalier de secours. Moi, je n'étais pas convaincue. »

Louise se disait qu'elle ne mentait pas si mal au fond. Elle avait menti à Roland en lui assurant son concours. Elle mentait à l'inspecteur en racontant qu'elle s'était éveillée à cause d'un bruit suspect : elle attendait Roland avec Victor à ses côtés. Elle avait tout dit à Victor. Ils attendaient ensemble son assassin. Victor avait vu une preuve de courage et d'amour qu'elle reste avec lui, dans la chambre, et qu'elle attende Roland avec lui. C'était dangereux. Elle avait fait remarquer à Victor que si Roland ne la voyait pas à la fenêtre, il risquait de redescendre. Louise, elle, s'était dit qu'un affrontement entre Victor et Roland réglerait tous les problèmes. Seul Roland savait qu'elle avait tué. Victor ne la gênait pas, elle. Le mieux était que Roland soit accusé d'attentat sur la personne de Victor, la distance étant minime jusqu'au meurtre de Valérie Langlois. Tout le monde verrait Roland chez Victor et tout le monde saurait qu'il avait menti et qu'il marchait. Et qu'il attaquait Victor. Il serait dans son tort sans aucun doute. Tous avaient vu le corps de Roland. Mais tout ne s'était pas déroulé comme prévu: Victor pensait qu'il entraînerait Roland à l'intérieur, qu'il le ferait prisonnier. Il devait y avoir lutte pour prouver que Roland avait attaqué Victor. Parce qu'il avait une raison. Victor, évidemment, n'avait jamais pensé que Roland tomberait du quatrième étage. Il avait eu un choc. Louise quant à elle trouvait que ce n'était pas une grande perte. Ça lui faisait plaisir. Les maîtres chanteurs n'étaient pas des gens qu'elle aimait tellement.

L'inspecteur était partagé entre la colère et la curiosité :

« Vous saviez que Roland marchait ? Et vous ne nous en avez rien dit ? »

Louise répliqua :

« J'croyais Victor à moitié.

— Oui, mais vous, Victor Moreau, pourquoi ne nous avez-vous pas parlé de ça ? C'est intelligent maintenant qu'il est mort.

— Je ne pouvais pas prévoir qu'il mourrait, monsieur l'Inspecteur.

— Arrêtez de tourner autour du pot et dites-moi pourquoi et comment c'est arrivé. »

Victor visa son verre :

« Comme vous l'a dit Louise, j'ai vu Roland dans la cour le soir de l'assassinat de Valérie Langlois. Mais, regardez par la fenêtre et imaginez que vous voyez une silhouette dans la cour. Il fait sombre, c'est la nuit. Vous pensez reconnaître quelqu'un qui est votre voisin. Mais ce voisin est infirme et ne peut pas marcher... J'ai toujours vu Roland dans une chaise roulante; quand je l'ai aperçu dans la cour, je me suis dit que je rêvais. Que j'avais mal vu. Puis je me suis souvenu qu'un de mes collègues qui avait couché ici un soir m'avait dit qu'en regardant par la fenêtre il avait vu un homme entrer chez Roland. Je lui avais dit qu'il avait eu des visions. Mais je me suis souvenu de ça plus tard. Quand j'ai relaté mon "rêve" à Louise, elle ne m'a pas cru. J'ai douté. J'étais certain de ce que j'avais vu mais c'était tellement fou que Louise devait avoir raison. J'avais beau y penser, je ne voyais pas pourquoi Roland ferait semblant d'être infirme. Ça n'avait aucun bon sens. Il n'avait pas de raison. Donc, c'est moi qui hallucinais. J'ai eu envie d'aller le voir et de lui dire que je l'avais vu, mais je me suis dit qu'il me prendrait pour un fou! Je me suis tu. Quand j'ai lu dans les journaux que Valérie Langlois avait été assassinée, j'ai fait le rapprochement. J'ai paniqué.»

Victor cessa de parler, il soupira. Il fit signe à Louise de lui verser un autre verre de cognac. Il en offrit à l'inspecteur.

«Vous avez paniqué, mais pourquoi ne pas nous en avoir parlé? Je ne comprends pas.»

Victor sourit tristement.

«Parce que je suis idiot, monsieur l'Inspecteur. Parce que je crois que les gens sont bons. Si Roland était vraiment infirme et que j'allais dire qu'il ne l'était pas, je tournais le fer dans la plaie. Je ne le voulais surtout pas. De plus, j'étais mal à l'aise parce que je savais qu'il était jaloux de moi à cause de Louise. Je ne voulais pas accuser à tort. De toute manière, je me disais que même si c'était vrai, personne ne me croirait. Est-ce que vous m'auriez cru? Non, vous auriez pensé que j'inventais une histoire abracadabrante pour détourner les soupçons et que c'était moi qui avais tué Valérie Langlois. Je n'avais pas de preuve de ce que j'avançais.»

L'inspecteur écoutait religieusement. Une véritable histoire de fous.

«Mais moi, je savais qu'il y avait un tueur dans la maison. Et même si ce n'était pas un tueur — parce qu'après tout, je ne l'avais pas vu tuer, je l'avais vu revenir de chez Valérie — il n'en restait pas moins qu'il n'avait pas toute sa tête: jouer à l'infirme, je trouve ça cruel et bizarre. Je n'étais pas rassuré. Mais si j'avais rêvé? Je ne pensais qu'à ça. C'est Louise qui m'a dit que j'étais fou de me torturer l'esprit: j'étais mieux de demander à Roland carrément s'il était possible que je l'aie vu dans l'escalier de secours. C'est ce que j'ai fait. J'en avais assez de la situation. C'est beau être bon et ne pas vouloir faire de peine mais... c'est moi qui étais en train de devenir fou. J'avais l'impression de nager dans l'absurde.»

Victor ferma les yeux. Il s'écoutait parler et il s'étonnait; ce n'est pas possible tout ce qu'il pouvait raconter. Il reprit son récit:

«J'ai été voir Roland avec Louise et je lui ai fait part de mes doutes à son sujet. Il a nié. Il a nié comme si je l'avais accusé. Mais je ne l'avais accusé de rien, je n'avais pas mentionné que c'était le soir du meurtre; j'ai seulement dit que je l'avais vu marcher, et que je me demandais depuis si c'était vrai ou faux. Et si c'était vrai, pourquoi il avait adopté ce personnage d'infirme. Il m'a dit que j'étais fou, qu'il ne comprenait pas ce qui me prenait de venir lui poser ces questions. Qu'il avait assez d'être infirme sans qu'on vienne lui demander si c'était vrai. On ne s'est jamais reparlé depuis ce temps-là. Et je n'étais toujours pas plus avancé. Sauf que je croyais vraiment que Roland marchait et qu'il tuait. Louise soutenait le contraire.»

Elle le coupa:

«Mais oui! Ça faisait un bout de temps que je connaissais Roland, je ne voyais pas pourquoi il aurait fait tout ce cinéma. Pourquoi il aurait tué Pierrette Beaulieu-Paré, Nadia Trenneau et Valérie Langlois. À ce moment-là, on pensait toujours que c'était la même personne qui avait tué. Même quand j'ai lu dans les journaux qu'il s'agissait de plusieurs assassins, Roland n'avait toujours pas de raison de tuer Valérie Langlois. J'comprends toujours pas. Il devait être sérieusement dérangé. Quand je pense que je ne voulais pas croire Vic.»

Ce dernier poursuivit:

«Vous comprendrez, Inspecteur, pourquoi j'étais mal à l'aise quand vous veniez m'interroger; je savais quelque chose mais ce n'était qu'impression. C'était trop grave pour que j'en parle.»

L'inspecteur Côté soupira :

« Quand même ! Vous auriez dû en parler. »

Victor poursuivit :

« J'avais peur. Je dormais toujours d'une oreille. J'avais peur pour Louise. Je m'en voulais de l'avoir emmenée chez Roland ; il savait qu'elle savait. Il pouvait donc s'en prendre à elle également. Nous étions des témoins gênants. De plus, on l'empêchait de sortir. Je passais mon temps à surveiller l'escalier de la cour pour ameuter tout le monde s'il sortait. Je ne serais pas le seul à avoir vu Roland marcher. Le miracle public ! »

Victor se passa la main dans les cheveux, il avait hâte que tout soit fini.

« J'avais peur qu'il tue Louise surtout. S'il avait tué Valérie Langlois, qu'est-ce qui l'empêcherait de recommencer ? Il ne faut pas essayer de comprendre un fou. Louise savait mes inquiétudes. Pour me rassurer, elle dormait ici souvent afin que je n'aie pas peur pour elle. Roland doit avoir pensé que c'était une bonne occasion de nous supprimer ce soir : il ferait une pierre deux coups. Je ne sais pas comment il voulait s'y prendre ; on va peut-être retrouver une arme sur lui. Il devait être complètement inconscient pour s'imaginer qu'il pouvait nous tuer tous les deux. Comme si on allait se laisser faire! C'est Louise qui a entendu du bruit. Je pense qu'on entendait beaucoup de bruits pour rien, on était paranoïaque. Par acquit de conscience, elle s'est levée pour savoir d'où venait le bruit. C'était plus inquiétant, plus suspect parce qu'on était ici. Chez Louise, avec les chats, on ne passait pas notre temps à se demander ce qui faisait du bruit, mais ici... Vous savez la suite.

—Que vous avez surpris Roland, mais qu'est-ce qui est arrivé?

—Mais je me suis battu avec lui! Il voulait m'étrangler. J'ai encore de la difficulté à avaler. Mais j'ai fait une erreur, j'ai eu peur: quand il m'a pris à la gorge, je me suis défendu. J'aurais dû essayer de le faire entrer dans l'appartement. Mais il est tombé sur la plate-forme. Il a tenté de me jeter en bas, Louise doit avoir crié, je ne me souviens plus, en tout cas je me suis tassé et c'est lui qui a basculé par-dessus le parapet... Je pense qu'il est mort sur le coup.»

Victor éprouvait un frisson de répulsion

en pensant à ce cri affreux qui aurait pu être le sien. L'inspecteur se taisait. Louise les regardait.

Après un temps qui s'étirait démesurément, l'inspecteur Côté se leva. Il salua Victor et Louise. Il leur dit qu'il viendrait prendre leurs dépositions dans l'après-midi. S'il se produisait un fait nouveau, ajouta-t-il avec un sourire narquois, il y avait des policiers dans la cour pour un certain laps de temps. Il referma la porte derrière lui, en songeant que sa nuit à lui n'était pas finie.

Louise et Victor se regardèrent. Ils frappèrent leurs verres vides comme pour trinquer. Victor murmura :

« J'aimerais quand même mieux déménager... »

Ça ne dérangeait plus tellement Louise. Elle dit oui.

Elle se dit que c'était une bonne affaire qu'elle ne travaille pas le lendemain matin, il était pas mal tard avec tout ça.

25 mars 1981